中学生课外阅读精品丛书

慧智文库

4

放飞思维的翅膀

总策划/邢涛
主　编/龚勋

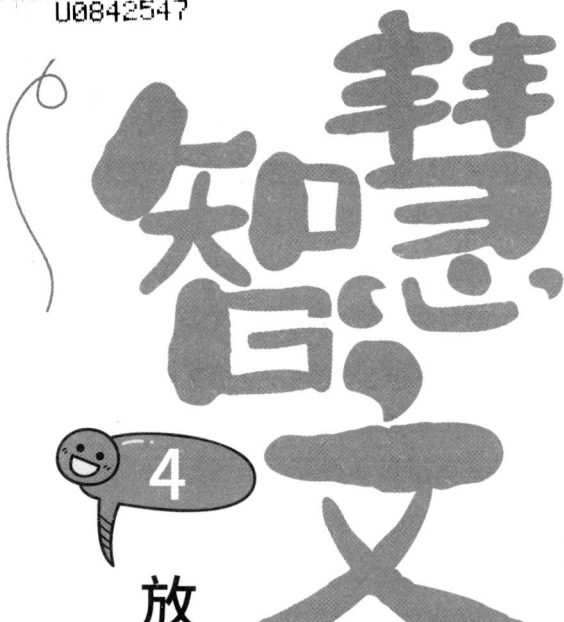

汕头大学出版社

● 让故事充实你的智慧锦囊

享受美好的阅读时光

  只读了课本的人，不算是读书人；只有广泛涉猎文史哲著作，尤其是在文学世界里自由徜徉过的人，才算是一位读书人。而且那些爱阅读，并能够掌握写作技巧，能够用属于自己的文字构造精神世界的人，才是智慧的人！相信这套《智慧文库》会引领你走进精美的文学世界，会让你品味到阅读与写作的快乐！

—— 著名儿童文学评论家
儿童文学阅读专家、文艺学博士后　**谭旭东**

  轻轻地，青春向我们走来了。于是，我们挥挥手，告别了稚气的童年，扬起风帆，踏上了青春的航程。在这段航程中，我们怀着满腔的好奇、激情和热情，开始认识纷繁的世界；我们怀着无限的理想、憧憬和抱负，开始体验美好的人生。青春的力量支持着我们乘风破浪、勇往直前；青春的豪气鼓舞着我们积极向上、不断进取；青春的益友激励着我们不断展现生命的精彩；青春的良师指引着我们稳步走出精彩的人生。

  "中学生课外阅读精品丛书"是我们青春的良师和益友，能赐予我们青春的力量。我们从浩瀚文海中汰繁去芜、披沙拣金，选取古今中外名

篇之精华，集时代感强、饱含真情、蕴涵哲理、触击心灵的经典美文于一体，优美真挚、青春灵动、高雅睿智。本系列共计六辑，每辑中有催人泪下的真情告白，也有启发心智的人生感悟；有激人奋进的声声凯歌，也不乏发人深省的点点哲思……可谓是熔人间万象于一炉的宝库，既有利于我们培养综合素质，又能让我们学习到丰富的课外知识。

捧一册"中学生课外阅读精品丛书"在手，随意翻开一页，享受静谧的阅读时光吧。在每篇文章中，你都能撷取到一朵智慧的浪花。文章的引言为我们提示全文的主旨；"作文技巧"是对文章写作技巧所作的提炼和点拨，有助于我们提高写作能力；"智慧心语"是对文章主题的延伸和拓展，启发我们感悟人生、思考人生。

愿这套丛书能帮你领悟人生的真谛，给你以智慧的启迪、美的向往。

目录

第一章	～

聆听爱的声音

- 2 爱上温开水
- 5 读他
- 6 父亲
- 9 跟牢伊
- 11 谎言中的深爱
- 14 架子鼓里的母爱心跳
- 17 免费
- 18 某个人的父亲
- 20 母亲们的诺言
- 23 母亲的生日
- 25 你可以放心地老了
- 28 死亡地带

第二章	～

放飞思维的翅膀

- 32 绑在一起的翅膀
- 34 光环下的鱼
- 36 换一种方式也许离成功更近
- 39 假如再做一次女孩
- 42 留只眼睛看自己
- 43 没空相处
- 46 煤气泄漏
- 48 女孩和牛奶罐
- 50 让恨像花儿一样
- 52 扫阳光
- 53 生命的三个支点
- 55 拴在木棍上的骆驼
- 57 双面神石雕
- 59 喜欢你已经拥有的

目录

61　小店相识
62　小和尚磨豆子
64　像水一样流淌
66　一个人的旅程
68　与幸福擦肩而过
70　最后一刻

| 第三章 |

用心灵拥抱生活

72　除却心灵的伤疤
75　大师的宽容日记
78　给生活一张漂亮的脸
80　还有一个苹果
81　令人崇敬的母亲
85　麦琪和她的天才班
86　毛毛虫怎样过大河
88　上帝给你一双袜子
90　世界为你震动吗

92　我的生命，我的舞
94　我要去埃及
95　掀起布帘之后
98　心中的顽石
100　有些路你不得不走
102　自己的明星

| 第四章 |

和美德一路同行

106　成全善良

目录

- **108** 诚信试验
- **110** 第一美德
- **112** 21份报纸
- **115** 二姐
- **119** 狂女阿罗
- **122** 失礼,没有理由
- **124** 手机
- **127** 听出心灵的杂音
- **129** 晚九秒
- **131** 一件小事
- **134** 一诺千金
- **136** 一条西裤
- **137** 一包巧克力饼干

| 第五章 | ～

体味人间百态

- **140** 别忘了你是谁
- **141** 电话窃贼
- **143** 发现爱
- **145** 疯狂的崇拜者
- **147** 公共汽车上的对话
- **150** 来当兵吧
- **152** 劳力士手表

① 聆听爱的声音

Chapter 1～30

爱是什么？千百年来，它不停地被人们诠释、延伸、升华。没有爱，便没有温暖；没有爱，便没有世界。如果把爱看成是一杯茶，当它被喝尽的时候，杯子里仍留着醉人的清香，此时，你也就懂得了什么叫真爱——茶终会被喝尽，但它的甘醇与清香却能让人永远回味。

爱上温开水

蒋平 [中国]

父爱也许不像母爱那样柔软细腻，
但父亲会将爱通过另一种方式、另一种渠道表达出来。
这种爱深沉、实在。

在父亲离开这个世界之前，他一直没有喝过过冷或者过热的开水。童年的印象中，在家里，父亲总是第一个起床，起床后的第一件事，就是为全家人烧一壶开水，倒在各人的杯里冷却。父亲的时间算计得非常准确，等全家人都洗漱完毕的时候，正好能喝到不热不冷的温开水。

母亲过世早，母亲离开这个家后父亲一直没有再娶，又当爹又当妈将他拉扯大。

父亲不仅心细，而且很懂养生保健，对喝水特别有研究。比如在大热天，他反对儿子喝过冷的冰水，认为那样会刺激胃；而在数九寒天，他又严禁儿子饮温度太高的咖啡和浓茶，说那样会影响食欲和吸收。父亲一边说着这些道理，一边搬出他的剪报集，那上面写满了各种生活常识：其实温开水最解渴，也最容易吸收。他感觉父亲如果去做一名保健期刊的编辑，一定非常称职。

饮水讲究的父亲，对泡茶也有研究。每天，一壶温得恰到好处的茶总是令他心里充满了温暖。喝着父亲泡制的香茗，听着他满口不喝隔夜茶的养生理论，他感觉，总有源源不断的营养和健康从那温开水里飘出来。

父亲的温开水就这么陪伴着他长大。到自己成家立业的时候，他忽然感到了不适，这种不适就是开水问题：因为没有人起早摸黑烧水了，喝到口里的水不是过热就是过冷，而妻子呢，似乎对温开水的理论很不适应。

也从那时起，他与妻子开始有了矛盾，焦点就是为水的温度问题。妻子笑他神经过敏，他则坚持原则，后来干脆以身作则，渐渐地，他继续了父亲每天泡温开水的传统。

休闲时，他还会回家去看看年迈的父亲。每次父亲听说他们来，第一件事还是泡上一杯温开水，一如当年的温度。父亲用的还是当年他喝水的那只瓷杯，喝着温开水的时候，他就想起父亲当年起早摸黑的情景，如这不变的开水温度一样，温馨、亲切而养人。

儿子出世不久，父亲就过世了。

父亲过世的原因是一场车祸，很突然。他至今都不相信身体硬朗的父亲会走得那样早，他相信父亲的温开水理论，如果照此保养下去，他应该长命百岁的。

清理父亲的遗物时，他一眼就发现了自己的开水杯，还是当年那般净洁、清新，只是里面再也没了温开水。他的泪水一下就流了出来。

他将那只开水杯拿过来，每天像父亲的生活方式一样，早早地起来，泡上一杯温开水。同时，也给妻子、儿子盛满一杯，尽管妻子很多时候不喝。

儿子上小学那年，妻子生了一场胃病。病床前，他给妻子讲起父亲的温开水理论，这回，妻子听得很仔细，并且终于有所悟。也从那时起，家里泡温开水的有了两个人。

儿子上大学了，并且爱上了一个漂亮的女孩。女孩很浪漫，追的人不少，为此，儿子很伤脑筋，也很苦恼。他就选个时候，让儿子邀请女孩来家里吃饭。大方的女孩果然爽快地来了。

奇迹就发生在那一顿饭后，女孩拒绝了众多的追求者，正式成了这个家庭的一员。

后来，他才得知幕后的故事：那天天气很冷，女孩就是从他不断为儿子添加温开水，并且听着他讲父亲的温开水理论的细节上，感觉到这是一个充满爱的家庭。

听到这个故事的时候，他的眼睛再一次湿润了。他知道，自己还有儿子身上的爱，正是父亲洋溢在温开水里的那种父爱的延续。

作文技巧

以物为线，架构美文 温开水的故事，是由儿子成长为父亲的他对父爱的最好阐释。作者以温开水作为线索，通过对三代人经历的叙述，架构了一篇温馨感人的美文。

智慧心语

父爱是深沉的，它更多时候是在那些看似不经意的"小事"中自然流露的。就像上面的这个故事一样，父亲给予我们的，没有丝毫的热烈与酣畅，全部的父爱都灌注在那杯温开水中，让我们感到温暖，而且这种爱还会一直延续下去，永无止境。

5

读他

宋元智 [中国]

什么是爱？爱是宽容，爱是付出，爱就是要让对方感到快乐和幸福。

一个女人在读她死去的丈夫的日记。

相识的那一天，男人写道："我认识了一个让我心跳的女孩。"

相恋的那一天，男人写道："我深深地爱上了她，她也爱我。"

结婚的那一天，男人写道："我好高兴终于娶到了她。"

生下老大的那一天，男人写道："我抱着我的孩子感到无限喜悦。"

老大出车祸的那一天，男人写道："我焦急万分地冲到医院，看着受伤的孩子，护士说必须立即输血。我毫不考虑地挽起袖子，但没有想到的是，这孩子的血型很奇怪，和我不配，也与她不配，我还是赶紧向同事求救。"

老大出车祸的第二天，男人写道："孩子终于没事了，虽然他的血型很奇怪。"

老大出车祸的第三天，男人写道："我忍不住要问她，但我实在太爱她，也太爱这孩子，虽然他的血型很奇怪。"

老大出车祸的第四天，男人写道："我心里很难受，但看到孩子康复的笑容，我什么都不计较了。"

老大出车祸的第五天，男人写道："不再计较后心里舒坦多了，孩子不是我的，但至少是她的，是我养大的乖小孩。"

泪水缓缓流出，女人觉得她是世界上最傻又最幸福的女人，因为他从来没问过她什么。然后她更认真地读下去……

读到男人入院的那天，只见他写道："近来总是觉得身体不适，担心无法再照顾她和三个孩子。但我是最幸福的人，因为能和所爱的人共度一生。我不知道她到底爱不爱我，只担心我有没有耽误她，使她错过她真爱的那个人。"

作文技巧

选取特殊事例彰显主题 寥寥数语，讲述了一个关于"爱"的特别故事，刻画了一个平凡又伟大的男性，彰显了爱的无私与宽容。

智慧心语

爱代表着责任，代表着宽容，是一种无条件的付出和牺牲。同样，爱不是不要回报，对方的快乐和幸福就是给爱的最好回报。爱情中的爱是如此，亲情、友情中的爱也是如此。

父亲

奥莱加里奥·拉索·巴埃萨 [智利]

父爱如山，高大巍峨；父爱如天，辽阔深远。请珍惜这份深邃、纯洁而不求回报的爱吧，不要让你的虚荣伤害了它。

一个蓄着白胡须的小老头儿来到了兵营门口，他的胳膊上还挎着一个小篮子。老头儿在门口走来走去，他想向哨兵打听什么，但又不敢开口。

突然，哨兵高声喊道："警卫班长！"话音刚落，一个尉官从门后跳了出来，他用询问的目光打量着陌生的老头儿，老头儿于是便问道："我儿子在吗？"

班长笑了起来："我们警卫团有300个儿子，不知您的儿子叫什么名字？""他叫曼努埃尔·萨巴塔。"老头儿回答。班长皱皱眉头，重复道："曼努埃尔·萨巴塔……"然后，他十分肯定地说："我不知道谁是曼努埃尔·萨巴塔。"老头儿骄傲地直起身子，脸上浮现出一点笑容："我儿子不是士兵，他可是个正儿八经的军官……"听到这句话，班长疑惑地把老头儿上上下下打量了一番，看他的穿着打扮就知道他是个穷人，于是便没敢请他去军官俱乐部，而是叫他去了警卫团。

老头儿来到警卫团，在一条木凳上坐了下来，篮子就放在他的身边。突然来了这么个人，士兵们感到非常好奇。他们一下子围拢过来，开始打量这个农民和他的篮子。篮子不大，用一块布盖着。就在众目睽睽之下，一只红冠老母鸡从篮子里钻了出来，篮子里太热了，它被憋得直喘气。

看到老母鸡，士兵们顿时来了精神，纷纷嚷着要炖鸡吃。老头儿看到这些士兵，就想起了自己的儿子。他傻乎乎地笑起来，嘴里嘟囔着："……对，炖鸡吃，炖了鸡给我儿子吃。"说罢，老人一阵心酸，脸上立刻蒙上了一层阴影，接着他又自言自语般嘀咕道："我都5年没见到他了……他不愿意回村里去……"

这时，一个卫兵已经去找他们的中尉了。这个名叫曼努埃尔·萨巴塔的中尉正在驯马场上跟一伙军官在一起。他是个身材矮小，面容俗气的家伙。卫兵向他报告道："中尉，有人找您。"听到这句话，中尉的脑海里一下就闪出了他父亲那干瘪矮小的身影。他马上仰起头，大声说:"不可能!你一定是听错了——在这个镇子上,我谁都不认识!"卫兵赶紧解释:"中尉,那个人是个满脸皱纹的老头儿……他说他从很远的地方来,提着一个篮子……"中尉的脸马上红了,他立即打断士兵:"行啦……您走吧!"

听到这些话,军官们的脸上露出了诡秘的神色,他们不约而同地看了萨巴塔一眼,那眼神中包含的意味在萨巴塔看来格外丰富。

谁知刚过了5分钟,又来了一个卫兵:"中尉,有人找您!是一个乡下老头子……他说是您的父亲……"这一次,中尉又羞又恼地大喊了一句:"滚吧!我就来。"说完他一头钻进了马厩,半晌也没有出来。

可是老头儿坚持要见儿子,否则他就不走。卫兵班长只好每5分钟向上司报告一次,警卫团军官被打扰得烦不胜烦,就去找萨巴塔。他面无表情、开门见山地对他说:"有人找您……说是您的父亲……他在警卫团,一定要见到您才走。"听到这话,萨巴塔只好无可奈何地去了。

他刚一进门,有个士兵就喊道:"立——正!"听到喊声,士兵们立刻像弹簧一样站了起来。老头儿哪里见过这仗势,他顿时感到一阵晕头转向,赶紧张开胳膊向儿子迎过去。他那苍老的面庞上绽放出快乐的笑容,兴奋得高声叫道:"我亲爱的曼努埃尔……"但中尉顿时把身体挪到一边,只是冷冷地应了一声。接着,他偷偷地把父亲拉出军营,到了街上,悄悄地对他说:"你干吗到这儿来?瞧瞧你都干了些什么!我还有事,没时间陪你……以后别来了!"说完他就转身走进了军营。

老头儿望着儿子的背影,浑身不停地哆嗦。他茫然地回到军营,狠狠心把鸡从篮子里掏出来给了警卫班长,然后就拖着沉重的步子慢慢离开了。

走到门口时,老头儿突然转过身来,两眼含泪地补充了一句:"我儿子特别喜欢吃鸡脯,你们给他留一块……"

作文技巧

强烈的对比描写是本文的出彩之处　　一个慈爱宽容的父亲，一个无礼忤逆的儿子，在强烈的对比中，父爱的伟大顿时跃然纸上。

智慧心语

在父亲的心中，孩子就是他的全部，孩子的一举一动都牵动着他的心，以至于他常常忘记了自己，忘记了孩子犯下的错。这份深邃纯洁的爱，不管用什么样的方式来表达，作为子女，我们都应该理解并感恩，而不是任由自己的虚荣去伤害它。

跟牢伊

程勤华 [中国]

总有一种力量让我们泪流满面，这就是爱。
爱是一切力量的来源，爱可以让这个世界重新诞生奇迹。

他和妻子是同行，五年前，两人同时退休，形影不离地过起了幸福的退休生活。

造化弄人，退休不到两年，他开始变得健忘，变得迟钝，直至完全痴呆。以前的同事朋友他都不认识，儿子女儿也不认得。他只认得一个人，那就是他的妻子。他说话分不清你我他，统统用一个"伊"字代替。

别人和他打招呼时，他傻傻地对着别人笑，拉拉妻子的手说：

"跟牢伊！跟牢伊！"别人听不懂他在说什么，妻子就做翻译："他是在说，要我跟着他。"

看到前面远远有汽车过来，他紧紧地拉住妻子的手说："当心哦！当心哦！"妻子嗔怪他："我还用你教呀，你现在这个样子，比三岁的小孩子还小孩子，还叫我当心呢。"

那天，妻子牵着他的手去儿子家。小区门口车来车往，他把妻子的手拽得紧紧的。妻子说："别拽得那么紧，手都被你捏痛了。"他不依，还是用力拽着。

拐角处，两个溜旱冰的少年戴着头盔，像全副武装的斗士，"呼呼"地向他们飞驰而来。他可从来没见过那阵势，只见他一个大步冲上前，张开两只大手去拦那两个溜旱冰的少年。少年做梦也没想到，好端端的，突然会有人跳出来拦路。他们来不及避让，三个人重重地摔在了一起。

他摔得最重，脑部受到重创，昏了过去。妻子知道，他是担心溜冰的少年伤到她，才傻乎乎地站出去，张开双臂，想把危险挡在外面。

第二天他醒来，妻子坐在他身边，正在掉眼泪。他拉拉妻子的手说："跟牢伊！跟牢伊！"妻子含着泪笑。

这就是爱的神奇：我痴呆了，全世界的人我都不认识，但我还认识你；我痴呆了，我什么也不懂，但还懂得要好好保护你。

只因你是我最爱的那个人。

作文技巧

以特殊题材表现文章主题 作者把笔触落到一个患了老年痴呆症的男子身上，以特殊人物的特殊行为彰显了爱的伟大。

智慧心语

爱是所有能量的源泉。在风中旅行的蒲公英，因为风的爱，才拥有了飞翔的力量。在人群中行走的我们，因为有了他人的爱，才拥有了坚强的力量。对一个心底有真爱的人来说，无论是疾病还是贫穷，都不能使他忘却"爱"这个字眼，和它所代表的含义。

谎言中的深爱

齐志琳 [中国]

有时，谎言也是爱的另一种表达方式。充满爱的谎言，更能让我们感受到母爱的深沉。

孩提时，儿子张着小手对母亲说："妈妈，我腿疼。"母亲急忙抱过儿子，问："乖，哪儿疼？"儿子在母亲的怀抱里，蹬了蹬小腿说："噢，不疼了。"但刚一将他放下，他就嚷："又疼了。"母亲明白了：儿子原来是想让她抱。年轻的母亲就抱着儿子，亲着他的小鼻头说："坏宝宝，还骗妈妈呢。"儿子在母亲的怀抱里，一脸得意地笑。这是儿子对母亲撒的第一个谎。

少年时，儿子对母亲说："妈妈，老师又要资料费了。"母亲把压在枕头下的一叠钱拿出来，放到儿子手里。儿子接过钱，飞快地跑了。

在一家游戏厅门口，他被母亲堵住了。母亲没有打他，也没有骂他。只是低声说："孩子，看看你手里的那叠钱。"他摊开手，看着母亲给他的钱。那些钱有新有旧，都被母亲叠得整整齐齐，一张一张，面额最大的也不超过两元。都是母亲起早贪黑卖小吃，甚至捡破烂挣来的。看着那叠钱，悔恨的泪水从他眼中潸然而下。他要钱，根本不是交资料费，而是为了打游戏。那是他对母亲撒的第二个谎。

青年时，儿子在信中说："妈妈，这个假期我不回家了，我在这儿找到了一份家教，我想在这儿打工。"开学了，黑瘦的儿子站在学校的公用电话旁对母亲说："工作挺轻松的，每天只需上3个小时的课，就能挣50块钱。这一个假期，我挣了一千多块钱，这学期，您就不用再给我寄生活费了。"

电话那端，早有心疼的泪水顺着母亲满是皱纹的脸颊流下来。母亲已从儿子的同学那里打听到了：儿子整个假期都在一家建筑工地上做小工，每天要干十多个小时。这是儿子对母亲撒的第三个谎。

中年时，儿子已成了家，母亲也老了，病了。在她的病床前，儿子说："妈，你的病一定能治好的，你就安心治疗吧。"其实母亲患的是癌症，已经到了晚期，医生说至多能活三个月。这是儿子对母亲撒的第四个谎。

母亲却说，自己不习惯医院的环境，如果再让她待在这里，她宁愿去死。无奈，儿子只好把母亲接回家，保守治疗。

在家里，母亲天天都是一副很快乐、很满足的样子。儿子也悄悄地松了口气，能让母亲按照自己的意愿度过世前的最后时光，这样，也很不错。

母亲去世三年后的一天，儿子见到为母亲治病的医生。讲起母亲，儿子说："还好，我的母亲自始至终都不知道她患的是癌症，在她最后的时间里，还算快乐。"

医生对他的母亲印象很深。他说："我对你的母亲真的很钦佩，她在被确诊的时候就坚持让我告诉她自己的病情，然后坚持不住院治疗。在家里疗养期间也不让我用最好最贵的药。她说你的公司因为缺乏资金周转都快倒闭了，她不想让你为了她的病，再背上一大堆外债。她的快乐，也是为了让你相信，她在家疗养同样很好。你的母亲，真的很爱你。"

听完医生的话，儿子已泪流满面，原来母亲早已知道自己的病情，她是替儿子着想，才谎称自己不习惯医院的环境，坚决不要住院治疗。他想起从小到大，自己说了谎，母亲都几乎立刻就能揭穿，包括在她生命的最后日子里，他都没能瞒过母亲。为什么，母亲的一个谎言，竟然在多年之后自己才知道真相？

其实，撒谎，儿子永远比不过母亲啊。因为，母亲是宁愿牺牲掉自己来换取孩子的幸福的。世上没有人，比母亲更爱孩子，包括孩子自己。

作文技巧

通过交叉对比体现文章主题　本文将母亲和儿子的谎言作对比，反衬出了母亲无私的爱。全文在儿子的愧疚和感激中戛然而止，意蕴深远。

> **智慧心语**
>
> 母亲比任何人都了解自己的儿子，所以儿子编造出的谎言都能被母亲揭穿，这不是因为母亲聪明，而是母亲的心思都在子女身上。母亲在对子女的默默奉献中走向生命的终点，她的谎言不着痕迹，更能让我们感受到母爱的深沉。

架子鼓里的母爱心跳

池晴佳 [中国]

母爱是一首清歌，是点点鼓声，
沉浸于万物之中，充盈于天地之间。

劳拉是电台的音乐节目主持人。不幸的是，当她怀孕四个月时，丈夫却在一次车祸中撒手人寰。

就在这个时候，几乎对生活失去希望的劳拉感觉到了胎动。一种爱的力量让痛苦的劳拉决心振作起来，把孩子抚养成人。她买下一个"婴儿知心仪"，通过这个带录音的小装置，劳拉听到了一个不可思议的声音——宝贝的心跳。

终于，在一个下着毛毛细雨的早晨，宝贝降生，劳拉给他取名为蒂姆。不幸的是，蒂姆出生不久就被诊断出患有睡眠障碍。医生建议用音乐帮助孩子入睡，可蒂姆对那些音乐一点儿也不感兴趣，他哭得通红的小脸上挂满泪痕。夜深了，焦急的劳拉陷入了沉思。最后，她颇费心思地在电台制成了一张音乐CD。

神奇的是，当那些时隐时现的音乐在空气中弥漫开时，蒂姆逐渐停止了哭声。那优美的音乐融合着一种独特的鼓声，浑厚的鼓点子一声又一声像大海潮汐一样充满了韵律，蒂姆在这宁静的节拍中睡着了。

从此，这盘CD就一直陪伴着蒂姆成长。让人欣慰的是，蒂姆颇有音乐天赋，也许是受了那独特鼓声的影响，他9岁时就成了一个小小的鼓手。中学毕业时，他被英国皇家少年乐队选中，成为一名鼓手预备队员。

本来，蒂姆的前途一片光明。可不幸的是，劳拉被查出患有严重的心脏病，不得不放弃工作，因此蒂姆希望自己能顺利被乐团录取，这样他就能工作挣钱了。可要成为正式成员必须经过严格的考核，他的训导老师毫不留情地说："你的架子鼓敲得没差错，但缺乏气势，也不能让人感动。"

蒂姆从来没有想过，轰隆作响的架子鼓也能让人感动。他开始勤奋练习，可依然如故。训导老师点拨他："你还记得是什么使你对架子鼓感兴趣的吗？"

蒂姆立刻想到了什么。他回到家里取出那张CD，顿时，那浑厚的鼓声从播放器里传出来。正是这奇特的鼓声让他拥有了第一个安稳的睡眠，也正是它让蒂姆对音乐产生了兴趣。

蒂姆试图敲出那种节奏，可他发现根本无法模仿。蒂姆禁不住问劳拉："妈妈，这鼓点子是怎么敲打出来的？"劳拉只是微笑说："大概是用爱吧。"蒂姆不明白那是怎样的一种爱。他不断倾听，反复练习，希望能掌握那奇特的演奏技巧。

一晃半年，蒂姆即将参加进入皇家音乐学院的最后选拔，此时劳拉却住进了医院。就在蒂姆即将登台前的半小时，他接到了医生的电话："孩子，你的母亲劳拉让我转告你，她永远爱你。"随后，他有点哽咽地告诉蒂姆那盘CD的秘密。顿时，一种不可名状的感动击打着蒂姆的心……

轮到蒂姆演奏了，他站在舞台上含泪说："对不起，我打算放弃原定的参赛曲目。我想用下面这支曲子纪念我的母亲，因为她在半小时前刚刚去世了……"评委们非常震惊，音乐厅的空气变得凝重起来。

静默中，一声由远而至的鼓音响起来了，仿佛向人们开启了一扇爱之门。那抑扬顿挫的鼓声让人感到——那就是蒂姆的心跳，他的内心正在经历着惊涛骇浪。鼓声越来越密集，就像和蒂姆的心跳合二为一。

表演结束了，人们站起来为他精彩而真诚的演奏鼓掌，评委们激动地问他这支鼓曲的名字，蒂姆说："它叫《母亲的心跳》。"原来，当年劳拉为了让蒂姆安然入睡，用"知心仪"录下了自己的心跳，再把心跳声巧妙地制作在那张音乐CD里。

蒂姆这才明白，自己是听着母亲的心跳安然入睡的，那是母亲用爱敲出的绝妙音乐。原来，这个世界上并没有什么奇特的演奏技巧，只要有爱，即使是轰隆作响的架子鼓也能奏出让人感动的音乐！

作文技巧

巧设伏笔，深化主题 母亲制作的音乐CD一直伴随着蒂姆，而直到最后蒂姆才知道CD中的鼓声就是母亲的心跳声，文章巧设埋伏，渲染出了母爱的伟大。

智慧心语

当我们生命的胚胎开始萌芽那一刻起，我们的血肉就从此和母亲紧紧相依，难以割舍。等到我们长大了，母亲也老了，可是母亲仍然会用她无私的爱，向我们源源不断地传输着生命的力量，鼓励我们勇敢前行。

17

免费

M.亚当斯 [美国]

> 有了母爱，才有了生命的肇始，历史的延续。母爱是伟大的，也是无私的，它不需要回报，也没有人回报得了。

一天晚上，当妻子在厨房准备晚餐的时候，我们的儿子拿着一张写满字的纸走向他的母亲。妻子在围裙上擦干净手之后开始读这张纸，只见上面写着：

割草5.00美元。

这星期整理我的房间1.00美元。

为你去商店购物0.50美元。

当你去购物时照顾我的弟弟0.25美元。

出去倒垃圾1.00美元。

获得良好的成绩报告单5.00美元。

修整和为花园翻土2.00美元。

总计应获得14.75美元。

妻子看了看儿子满怀希望的样子，便拿起钢笔把儿子写过的纸翻过来，在上面写道：

当你在我腹内生长，我怀着你那9个月是无价的。

我陪着你一起熬夜的那些晚上，为你求医、祈祷，这是无价的。

这些年来你曾造成的恼人境况和所有的泪水，那是无价的。

那些昔日忧惧的夜晚和将来面临的烦恼，是无价的。

为你准备玩具、食物、衣服，甚至为你擦鼻涕，那是无价的。

儿子，当你把以上所有的累加起来，真挚的爱的全部价值是无价的。

当儿子读完他母亲写的话之后，他双眼含泪，直直地看着他的母亲说："妈妈，我真爱你。"

最后，他拿出钢笔在他的"账单"上用大写字母写道："全部付清。"

作文技巧

通过对比描写凸显主题　作者独具匠心，将母亲和孩子的"账单"作为切入点，并进行对比，体现出母爱的无私与伟大。

智慧心语

"爱是施舍，不是取得。"任劳任怨的父母即使是在心力交瘁的时候，也无法放弃对孩子的爱与关怀。那么，孩子应该怎样来回报父母呢？你可以用任何方式，但请记住，亲情永恒，亲情无价！

某个人的父亲

王秀兰[中国]

老吾老，以及人之老；幼吾幼，以及人之幼。爱是伟大的情怀、永恒的精神，请将它延伸下去，让生活更加美好。

那是一个很冷的冬天。

不知什么时候，人们发现天桥上蜷缩着一个蓬头垢面的男人。他的棉袄上打着厚厚的补丁，裤子上也布满了大大小小的窟窿。那双光着的、干瘦的脚边放了一个黑糊糊的塑料盆子，盆子被细细的雪灌了一半。

有人从他身边走过，摇摇头走了。有人叹息几声。有人对自己的孩子说，看见了吧！这就是好吃懒做的人。如果你现在不好好学习，将来也一样会上街乞讨的！

然而那个男人就像死了一样，熟睡着，不在乎谁说些什么。

一个拄着拐杖的老者蹒跚走来，看见了这个男人。老者惋惜地摇了摇头，哆嗦着从口袋里掏出两枚硬币，然后用拐杖捅了捅男人："嗨！起来，起来，给你两块钱，去喝碗汤吧！"

男人缓缓地睁开眼看了看，冷冷地咕噜一句："扔盆儿里吧。"说完又甜甜地睡去了。老者被激怒了，他愤愤地把攥着两枚硬币的手收了回来，破口骂道："冻死活该，不知好歹的东西，跟我儿子一样，不过你倒不是我儿子。"

就在这时，一个七八岁的小男孩走了过来，把他身上的小棉袄脱下来盖在了那个男人身上。老者非常诧异地问小男孩："这个人是你的父亲吗？"小男孩摇摇头。

老者又问："那他就是你的亲戚喽？"小男孩又摇摇头。

老者百思不得其解地说："他既不是你的父亲，又不是你的亲戚，你为什么把自己的小棉袄给他盖上呢？"

小男孩气咻咻地说："他不是我的父亲，但他总得是某个人的父亲吧！即使现在不是，将来也一定是吧！我不是他的儿子，但我总归是某个人的儿子吧！"说完，小男孩由于激动而满脸通红地走了。

老者一下子怔在那里。后来，人们看见一个乞丐搀扶着一个老人消失在茫茫雪夜中。

作文技巧

用对话描写体现文章主旨 小男孩和老者之间的短短数语,不仅体现了本文的主题,也给读者留下了极大的思考空间。

智慧心语

人生一路,处处关情。亲情、友情、爱情……无不让生命充满感动与绚丽。选择博爱,就是选择对情感的珍视;选择博爱,就是选择用一颗充满爱的心去关心身边的人和事,就是选择把自己的整颗心,用于对生活的热爱和对世界的感恩。

母亲们的诺言

杨如雪 [中国]

有时候,谎言也是爱的一种表达方式。
面对母亲用爱编织的美丽谎言,
我们不得不感慨母爱的深沉与广博。

我和宝印头挨着头,趴在地上看蚂蚁打架。一只小红蚂蚁离了群,兀自向宝印的小手奔去,那只小手黄黑透亮,疙疙瘩瘩,一点儿也没有小孩子应该有的娇嫩红润。

蚂蚁爬进了宝印的袖筒,在炎热的夏季,比他大的男孩子都光着屁股跑来跑去,只有宝印长袖长裤遮得严严实实,可见他的妈妈非常爱他,怕身子单薄的他着凉感冒。

不过，这可能也是因为宝印长得太丑的缘故——他全身上下包括脸部，都长满了一层硬硬的、黑黄色的壳，村里人因此叫他"蛤蟆皮"。嘴巴刻薄的，还要带上一个"疥"字，叫"疥蛤蟆皮"。

蛤蟆春天会在池塘边蹦跶，给人的印象还青翠可喜。疥蛤蟆可就有毒了，小孩子不敢碰的，怕有毒，所以没人和有毒的宝印玩，也没人和我玩，因为我家里成分复杂，爷爷当过国民党团长，虽然奶奶守寡后当了八路，两下里并不能抵消：我是骨头缝里有毒。

幸亏我们都是孩子。我俩好得像糖黏豆。

如今，像宝印这种类型，可以考虑做植皮美容手术，但那时候，这可是想也不敢想的事儿。

很快，小红蚂蚁消失了，宝印却浑身痒了起来。他忍不住把衣服脱光，找那只惹祸的蚂蚁。虽然天天看到宝印那张蛤蟆皮脸，但我对他全身的蛤蟆皮还是毫无心理准备。那是怎样的一幕啊：干燥的裂了纹的皮肤上，真是斑斑羞辱，点点哀怨。

我跑回家，问母亲宝印是不是蛤蟆变的？

母亲郑重地告诉我，宝印是海龙王最小的儿子，因为龙的全身都是鳞片，所以他才生成这般模样。

原来龙子龙女来到人间，因为怕被人认出，才会变得这么丑。

第二天上学的时候，我把这事当大新闻告诉宝印，宝印却不以为奇。原来他妈妈——我们的林老师，早就把他的"身世"秘密地告诉了他。

怪不得宝印在一片歧视和白眼中，还活得那么安恬。虽然孤独，可是并没像一些身体有残疾的孩子一样沮丧。

这个故事在小伙伴中悄悄流传，他们看宝印的眼神变成了好奇和羡慕。我和宝印走在一起，也成了公主。

可是，美丽温柔的林老师，自从收养了宝印这样一个弃儿，就再也嫁不出去了。

林老师为什么要编出这样一个故事呢？我那虽然不识字但也智慧通达的母亲，为什么也相信这个明显虚假的故事呢？还有村里别的母亲们，她们也不蠢，却串通好了似的，对自己的孩子用肯定的口气维持着这个童话——这个只发生在宝印一个人身上的童话。

直到我们年龄足够大，才明白了宝印变成英俊王子的不可能。

很久以前我就在想，在童话中，为什么常常会把幸福到来的日子定到18岁这一天呢？后来我明白了，大概是一个人到了18岁，就可以勇敢地面对未来，面对残酷的现实。哪怕是容貌丑陋，只要有一颗美丽善良的心，也能生活得很幸福。

宝印没有等到18岁那一天，他患有先天性心脏病，16岁就在睡梦中再也没有醒来。

作文技巧

运用托物寄情的写作手法，使得文章别具一格 看似丑陋的"蛤蟆皮"，却成了展现母爱的窗口。这种写作方式使文章风格含蓄，生动感人。

智慧心语

女人的伟大之一，就在于她们有天生的慈母之爱，而这种母爱转化为爱所有的孩子，就显得更为高大和不凡。也许，只有当我们逐渐成长起来，才会对"母亲"这一角色有深深的理解，才会对那些被称为"母亲"的人有深深的爱戴。

母亲的生日

马子亮 [中国]

> 天下的母亲都是只愿付出不计回报。有了母亲的温暖付出，再贫贱的生活也充满了温馨与快乐。

从我记事起，家里人不管岁数大小，生日总是要过的，尽管有时过得很简单。但凑巧的是，母亲和父亲的生日竟是同一天，那时家庭经济条件差，父母一块儿过生日倒也省了很多事。

前不久，父亲因病去世了，剩下孤单的母亲，我从心里发誓一定叫母亲的晚年舒心安逸。母亲的生日到了，我张罗着要给她隆重热闹地庆祝一番，她却突然对我说她的生日时间原来记错了，正确的时间应该是和我的生日同一天。

看着母亲一本正经的样子，我奇怪地问："这是从何说起？"母亲笑了笑："前些日子，我去看你外祖母，是她告诉我的。你可千万别告诉别人，免得人家耻笑我们。"我心里立刻掠过一种从来没为母亲过上一个生日的歉疚，母亲却轻描淡写地说："等你过时我们一齐补上。"

我生日这天，亲朋好友来了很多，大家轮番给我祝寿敬酒。酒酣耳热之时，我泄露了今天也是母亲生日的秘密。大家认为，这是不可能的。天底下哪有这么离奇的事，丈夫在世时，和丈夫同天生日，丈夫逝世了，又变成了和儿子同天生日。有好事者将母亲喊来当场印证，母亲不好意思地表示情况属实！大家都对这种巧事感到惊奇。不过，这次我分明地听出她说话的底气不足。难道……

老人节前夕，我与妻一块儿去看望外祖母。闲聊中，我假装不经意间提到母亲的生日。她说："你母亲是个苦命的人哪！前几年，你们家孩子多经济条件差，为了照顾你们的吃穿，她遭了不少罪啊！不瞒你说，你爹在世时，为了省下那么一点，她竟将自己的生日和你爸爸的变成了一天，大半辈子了，还从来没过过一回真正的生日，可怜啊！"我急忙追问："母亲的生日到底是什么时候？"她一脸惊讶的样子："怎么？她还没告诉你们，就是大后天啊！"

我一惊，什么都明白了，哽咽着对妻说："大后天，我们一定要为母亲过一个真真正正的生日！"妻泪流满面地点了点头。

作文技巧

巧妙运用巧合与悬念展开叙述　作者将巧合与悬念融入到文章之中，最后抖出包袱解开读者心中的疑窦，这正是文章结构的巧妙之处。

智慧心语

在美丽的谎言中，母亲把自己的生日隐藏在了父亲和儿子的背后。如果说母亲的第一次退让是因为"经济条件差"，那么她的第二次退让就是一种习惯，一种只愿付出不计回报的习惯。深究下去，母亲这么做还不是因为不愿意给子女添麻烦？这正是一种深藏不露的挚爱啊！

你可以放心地老了

海昆 [中国]

"父亲"一词意味着什么？意味着勇毅，
意味着沧桑，意味着慈爱，
意味着生命中的不可或缺。

记忆中，他一直担心自己会老。那时候，他一抬手就可以把我举过头顶，听着我在他头顶咯咯地笑，说："姑娘，看你老爸多有力多年轻。"

又一年，我升中学，那天拿了成绩单回来，他刚好扛了煤气罐进门。把煤气罐装好，拍打拍打手接过成绩单，看着看着脸上洋溢出笑容来，也不顾两手的灰，拦腰握住我用力举起。但这一次，他举到一半就徒劳地将我放下，气愤地甩着手臂。

妈责备他："还当自己是小青年啊？"

他瞪大眼睛，说："本来就是嘛，是刚才扛煤气罐把力气用没了，是吧姑娘？"我附和地说："就是就是，我爸这么年轻，力气大着呢！"

又一年，我晚自习回来，看到他正对着镜子拨弄头发，不时地拔下一根。偷眼看过去，镜子前的桌面上有几根白发。

妈说："别拔了，这个年纪都开始有白头发了。"他又把眼睛瞪得很大，说："哪个年纪啊？不就这一两根白头发嘛。姑娘，你爸还年轻着呢，对吧？什么工作都能干得了，就凭我这把力气，扛大包也能养活你们娘俩。"

"是啊是啊。"我顺手把那几根白发扫落水池，说："我们班王嘉比我还小呢，都有白头发了，那能说明什么问题啊！"

那年，我18岁，读高三，面容清秀。他45岁，面临下岗，目光沧桑。

又一年，我从上海回家。妈偷偷对我说，因为我要回来，他特意去把头发染黑了。妈说，在这三年的时间里，他的头发几乎白了一半。妈又安慰自己一样地说，也该白了，都快五十的人了。其实他就是不服老，就是害怕老。

我笑笑："爸还年轻着呢！"转头，眼泪却掉下来。下岗的三年里，他吃了许多我想象不到的苦，也真的扛过大包。现在在一家汽车修理厂做修理工，每天工作10个小时，没有周末。他就用修理汽车的双手，供养我的学业、我的青春、我的美丽和为人女儿的骄傲。衣食住行，他从来没有委屈过我。

那年，我21岁，读大三。他48岁，已经逐渐消瘦下去。

又一年，妈打电话说他病了，正在医院躺着，不是大病，腰肌劳损，常年劳累所致。我匆匆赶了回去，看到我，他先是惊喜地张大嘴巴，继而又皱起了眉头，瞪着妈说："跟你说了别给我姑娘打电话，又打，这点小事让她大老远跑回来。姑娘小，一个人在外面本来我就不放心，现在火车上多乱啊，她被坏人骗了、被人欺负了怎么办……"

我把妈扯到身后去，瞪着他："谁小啊，老头，你姑娘都已经27岁了，受过高等教育，已经是一家大公司的部门经理了，已经可以坐着飞机回来看你了，已经要结婚了，已经买了很大的房子，已经打算把你们接过去住了……你还真的当你年轻，你都55岁了我亲爱的老头，就别再撑了。现在，你姑娘比你成熟比你厉害多了，你可以放心地老了。"

这些年，我如何不知呢，这个男人那样害怕老去，那样不肯老去，不过是因为在他心里，他的女儿还太小，没有长大，独自支撑不起自己的生活，要依赖他依靠他，所以他不肯老不愿意老，不允许自己老。

扶他在床边坐下，抚摩他鬓角的白发。在他耳边小声说："爸，服老吧，从老吧，你姑娘已经长大了，不需要你抚养和照顾了。以后，你可以像个真正的老头一样活着了，不需要染头发，不需要坚强、不需要理智……你可以无理、可以脆弱、可以耍赖、可以随便发脾气，还可以不工作，可以要求每天吃肉、每天喝一杯酒，可以去打太极拳……"

我絮絮叨叨地哄着他，像哄一个年幼的孩子。梳理他的发，抚摩他的手，温柔地，缓慢地。他看着我，眼睛不自觉地眯了起来，越来越小，越来越小。终于，他眯着眼睛陶醉一般地，哈哈大笑起来，笑着笑着，眼泪就爬了满脸。

作文技巧

巧妙转换场景，写活人物 文章接连用4个"又一年"来转换场景，满怀深情地描写了父亲艰辛的前半生，塑造了一个感人至深的父亲形象。

智慧心语

父亲是一种职业，是一份无薪水、无定期的工作。虽然它劳碌、烦杂而又永无止境，父亲们仍做得细腻，做得纯粹，做得乐此不疲。即便是头发白了，腰弯曲了，眼睛昏花了，他们也毫无怨言。对于他们来说，做父亲，是自己一生永远的事业。

死亡地带

老树 [中国]

爱没有国界，不分种族；生命亦是如此，
它没有尊卑，不分贵贱，
都值得我们去珍视，去捍卫。

　　故事发生在一个战场上。当时，德军驻守的可可里城堡已经被盟军严密包围。而且，盟军作战部已下达了总攻的部署和命令，爱尔逊上尉的尖刀排将负责从侧翼穿插雷区，进攻敌军的前沿指挥所。

　　正午的阳光炙烤着大地，爱尔逊和几十名战士掩伏在草丛中，等待着总攻信号的响起，四周一片寂静。现在离战斗开始还有不到二十分钟，爱尔逊端起望远镜，慢慢地观察他们即将通过的地带。

　　呈现在爱尔逊眼前的是一片开阔的草地，那里开满了黄色和白色的小花。从这片草地向北延伸百米，是一片不大的白桦林。透过树林可以看见一道土坡，那里就是被德军称为"死亡地带"的雷区，也是爱尔逊尖刀排进攻的第一障碍。

　　土坡与一片乱石岗相连。通过望远镜，爱尔逊可以清晰地看到乱石岗边缘的铁丝网和瞭望楼。突然，他的神色凝重起来，整个人都僵住了。

　　望远镜里出现了一个小女孩！

　　那是一个穿着花边裙子，满头金发的小女孩。她正追逐着一只上下翻飞的彩色蝴蝶，忘乎所以地跑过乱石岗，朝雷区那边走去。

29

"哦,上帝!她怎么会在这里!她一定是哪位敌人军官的女儿。"爱尔逊的心缩成一团,他的脑海里浮现出自己年仅7岁的女儿在珍珠港轰炸中丧身时的血色情景。

"她不应该是这场战争的牺牲品!"爱尔逊坚决地想。"怎么办?鸣枪示警?不可能!那岂不暴露了我军的军事行动?"

小女孩丝毫没有意识到她正一步一步滑入死亡的陷阱,她依然轻盈地向雷区靠近。

来不及了!不能就这样看着她死去!爱尔逊不假思索,掉头对身边的少尉杰克说:"这里交给你了,我去救那个女孩。"

"头,这严重违反了纪律!要上军事法庭的!"杰克反对说。

"如果上帝还让我活到那天,我愿意!"爱尔逊卸下望远镜,迅速跃出掩体,向女孩的方向走去,很快就来到了雷区边缘。

凭着一个老战士的经验,爱尔逊仔细观察了一下眼前的道路,分辨哪里有地雷存在的可能。他很快就穿越了雷区,接近了那个女孩,女孩也发现了他。望着女孩那安静的面孔,爱尔逊压低声调,柔和地招呼她:"小宝贝,不要动!站在那,好吗?"小女孩不明白这个陌生人的语言,也许她认为他是在和自己玩游戏,便顽皮地朝爱尔逊走过来。爱尔逊看着她走出乱石岗,踏进了雷区,可自己离孩子还有一段距离,急切中,他拔出手枪对准了她,沉声喝道:"天使,不要动!"

小女孩吓住了,她停住脚步,惊恐地哭起来。趁这工夫,爱尔逊已经奔到了她的身边。他抚摸着孩子的头,吻吻她的小脸,温柔地对她说:"乖宝贝,别哭了,让我带你回家。"

战斗就要开始了,时间已经越来越少,爱尔逊别无选择,只能带着女孩重返雷区,回到盟军这边。令人难以置信的是,爱尔逊创造了一个奇迹——他在抱着孩子通过雷区时没有踩到一颗地雷!

在整个过程中,孩子一直很安静。命运让她相信这是个很开心的游戏,她将告别那个被困守的恐怖世界,去过充满和平、自由,充满爱的生活。

但是,幸运之神没有伴随爱尔逊到最后,敌人最终发现了他。当他刚穿过白桦林,踏上那片草地时,瞭望楼上的重机枪子弹就飞快地追上了他。一丝剧痛过后,爱尔逊扑倒在地,失去了任何知觉。就在这时,盟军总攻的炮声打响了。战士们接应了爱尔逊和女孩,两人都活了下来。

战斗结束后,爱尔逊受到了军事法庭的审判,被削去了军籍。回到家乡后,他收到了许多母亲的来信,她们由衷地赞美了他超越非常的仁爱之心和珍视生命的卓越情感。

"那是作为一个人的最大价值,尊敬的爱尔逊先生!它的意义远胜于一场战争中正义的屠宰!世界上所有的母亲都将会感谢您!"

英国女王在致爱尔逊的信中这样写道。

作文技巧

选取特殊事例更能打动人心 战场上的种种矛盾、"死亡地带"前的艰难抉择,都从独特的角度诠释了那份跨越时空的人间真爱,收到震撼心灵的效果。

智慧心语

爱是世界上最美好的东西,它不是一种狭隘的感情,它不仅仅包括亲情、友情、爱情,它还昭示着对天地万物、对所有生命的珍视和尊重。大爱无私,大爱无言。拥有这样一种感情,拥有这样一份胸襟,才是"作为一个人的最大价值"。

Chapter 31～70

放飞思维的翅膀

人生就是由无数细节串起的长长的故事,每一个细节都有可能成为生命的顿悟。将这些体悟串成闪光的珠链,馈赠给自己,再带上一份看破尘俗的智慧,做到心中有主见,这样就能对人生随时保持清醒的认识,活出别样的精彩。

绑在一起的翅膀

林清玄 [中国]

拥有自由，拥有自我，是每个人与生俱来的权利。
一旦失去它，曾经有过的甜蜜与幸福也许都会化为泡影。

在遥远的森林里，住着两只鸟，一只住在东边，一只住在西边。

有一天，东边的鸟和西边的鸟在森林的中央相会了。

两只鸟都大吃一惊，因为它们第一次遇到另一只和自己一模一样的鸟，就像是在河边看见自己的影子。

两只鸟立刻成为了非常要好的朋友，每天清晨都迫不及待地飞到森林中央相会，一起飞翔，一起交谈，一起觅食。

它们总觉得在一起的时间过得特别快，永远也不够用，仿佛一眨眼，天就黄昏了。

这个时候，它们都知道，它们深深相爱了。

于是，两只鸟几乎异口同声地说："我们不如一起住到森林中央吧！"

它们舍弃了各在东西的巢，一同在森林中央修筑了一个大巢。

这样，它们除了白天一起飞翔、交谈、觅食，夜里还可以一起回巢、依偎、睡眠。

但是，两只鸟太相爱了，它们觉得这样还是不够。因为它们在林间觅食时，偶尔还会失去对方的踪影；遇到天空中的老鹰，也会惊惶失散。

"为了证明我们深深相爱,不如把我们的翅膀捆绑在一起,这样我们就永远不会分开了。"一只鸟说。

它们找来森林中最坚韧的枝条,把翅膀紧紧地捆在一起,互相起誓:"全天下再也没有比我们更相爱的鸟了。"然后它们才安心地在巢中睡去。

第二天清晨,灿烂的阳光把两只鸟唤醒了,它们一起唱着歌,准备去觅食。

谁知,它们一跳出巢,就一起重重地摔在了地上。不管它们多么努力挣扎,都无法让自己飞起来。

这时它们才知道:两只鸟虽然有四只翅膀,但如果绑在一起,就一只也不能飞。

作文技巧

用寓言的形式阐述深刻哲理 本文精练短小,作者以寓言故事的形式,在清新流畅的行文中透露出对人生的感悟。

智慧心语

任何一个人,虽然与周围有着千丝万缕的联系,可他们终究是独立的。爱,无论在亲人之间、友人之间,亦或爱人之间,再强烈,再深刻,也不该将彼此束缚。在生活中,我们每个人都应该学会尊重他人的生活,给彼此留下空间。

光环下的鱼

沈湘 [中国]

我们每天都在羡慕别人，却没想到别人也在羡慕我们。
如果总是将别人置于光环之下，
那么，你将再也感觉不到幸福。

史蒂文最近有点烦，因为他觉得公司里的同事个个都过得比他好，他的心里很不平衡。

妻子琳达劝他去看医生，然而医生没有给史蒂文开药，只是让他去野外散散心，将注意力暂时转移到那些能够放松身心的事情上去，比如钓鱼，这就是一件能够让他放松身心的事情。史蒂文觉得医生的主意不错，便决定去湖边钓鱼。

以后，几乎每天史蒂文都会在傍晚时分去湖边钓一会儿鱼。可是，每次还没有等到夕阳的余晖散尽，他便匆匆回家。琳达不解地问："你怎么这么快就回来了？难道钓鱼不能让你放松身心？"

史蒂文说："我每次钓的鱼都这么小，实在没兴趣再钓下去了。"

琳达说："医生并没有说一定要钓大鱼呀。"

史蒂文回答："不管怎么说，老是钓小鱼，谁也不喜欢。"

琳达说："也许那个湖里并没有大鱼，不如换个地方试试吧。"

史蒂文却告诉她："不，哈里森每天都能钓到大鱼，哈里森是我的同事，我看到他每天傍晚都在我的对面钓鱼，他钓的鱼就很大。"

琳达建议道："不如明天你提出跟哈里森换地方怎么样？"史蒂

文听后一拍脑袋："对呀，我怎么就没想到呢？"

第二天傍晚，史蒂文又看到湖对面的哈里森一条接一条地钓到了大鱼。那些鱼欢快地挣扎着，在夕阳的余晖里闪烁着令人兴奋的光芒，而他的桶里尽是些小鱼。于是，史蒂文决定去跟哈里森商量一下，问他愿不愿意跟自己换个地方。

就在史蒂文走在半路上的时候，他看见哈里森迎面而来。还没等史蒂文开口，哈里森就迫不及待地说："史蒂文老兄，我每天都看到你一条一条地往上钓大鱼，而我钓的鱼却都这么小。当我看见你钓的那些鱼在夕阳的余晖里闪烁着令人兴奋的光芒时，我就激动不已。因此我有个请求，我想，我们每天换一次地方，这样每个人都有机会钓到大鱼，你看我的想法怎么样？"

史蒂文听后大吃一惊，接着他又朝哈里森的桶里一看，这才发现，原来哈里森钓的鱼跟他的一样大。

● 作文技巧

用出人意料的结局体现文章的深刻内涵 看似不同，实则一样——出人意料的结尾使阅读在震撼中戛然而止，读来回味悠长。

● 智慧心语

羡慕如同一面哈哈镜，放大了别人的幸福，也放大了自己的不幸。在这种心态下，任何一个人都感觉不到幸福的存在。其实，只要停下追求幻想的脚步，紧紧抓住现实的手，珍惜现在所拥有的一切，你就会发现，幸福从来没有离开过你，它一直就在你身边。

换一种方式也许离成功更近

梁勇 [中国]

当你发现自己面前的那扇门已经打不开时，
请不要忘记打量周围，因为你照样可以从窗户出去。

他出生在美国新泽西州一个贫穷的外来移民家庭。

从小他就是个腼腆内向的孩子，和他一样大的孩子都不喜欢和他在一起，因为他什么也不会。

每次考试，他都是和倒数挂上名。

老师不想让他回答问题，因为他总是羞涩地说不知道。

大家认为他是笨蛋，是白痴。伙伴们嘲笑他，说他永远和失败在一起，是失败的难兄难弟。

邻居们也说，这个孩子将来注定一事无成。

父母听到这样的话，暗暗地为他担心。

他努力过，可是却收效甚微，因为他在学业方面取得的进步近乎为零。但是，他还是在不断地加班加点苦读。

每天，他醒来后都害怕上学，害怕被嘲笑。周末，他坐在自家的门前，看着草地上喜笑颜开的男孩们，感到自己的未来一片渺茫。

时间在一天天地流逝，而学校也在考虑劝他退学。

有一次，他看到一个老人为了一张被老鼠咬坏的一美元钞票而痛哭不已。为了不让老人伤心,他悄悄回家将自己平时积攒的硬币换成一张一美元的钞票,交给了老人,说,这是他用魔法变出来的。老人激动不已,夸他是个善良聪明的孩子。

父亲知道这件事后,认为自己的孩子还不是个笨到家的人。接下来的这天,是他永远不会忘记的——父亲要带他出门,目的地是波士顿。他对父亲说,我们可以坐汽车到那里。父亲回答,那我们就坐汽车吧。

可是,在中途的一个小站,父亲下车买东西时居然忘记了汽车出发的时间,把他一个人留在了车上。就这样,汽车在他的喊叫声中呼啸而去。他很害怕,心想这下怎么办,没有汽车,父亲怎么能到波士顿呢?

出乎意料的是,到站后一下车,他就看到父亲正在不远处等着他。他快速跑了过去,扑进父亲的怀抱,诉说自己一路的忐忑不安,害怕父亲到不了波士顿。

最后,他问父亲是如何到达的。

父亲说,我是骑马来的。

是这样的!他惊讶不已。

父亲说,只要我们能到达目的地,管它用什么方式呢!孩子,就像你学业不成功,并不代表你在其他方面不能成功,换一种方式吧!

此时,他猛然醒悟。

随后,他看到很多人为了自己的理想不能实现而痛苦不已,于是他想,假如自己用魔法帮助他们实现愿望,即使是假的,但起码可以从精神上帮他们减轻痛苦。

从此,他对魔术表现出浓厚的兴趣,并跟随一些魔术师学习魔术。为了实现自己的梦想,他努力克服了心中的怯懦。教他魔术的老师很快就发现,他在这方面具有很高的悟性,学东西很快,而且每次都能有所创新。没过多久,老师的技巧便被他学光了,他不得不换老师。就这样,在短短的两年时间里,他换了四个魔术老师。

他就是大名鼎鼎的魔术师大卫·科波菲尔,一个匪夷所思的成功人士。

有人问他是怎么成功的,大卫·科波菲尔说,父亲告诉我,成功对我们来说好比是个固定的车站,我们在为怎么到达而绞尽脑汁,大家都在争夺汽车上的座位,没有得到座位的人不得不等下一班汽车。可是,为什么我们不能骑马或者乘轮船去车站呢?这样,我们不是也到达了吗?只不过我们换了一种方式。

最后,大卫·科波菲尔又说,后来我知道,那天发生的一切都是父亲安排好的,其实那个小站离波士顿很近,骑马竟然比坐汽车还快,所以父亲到得比我早。

作文技巧

构思精巧,造成出人意料的阅读效果 文章先着意显示了一个平凡的故事,最后才点出人物姓名,造成一种出人意料的感觉,强化了前后的巨大反差,突出了文章主旨。

智慧心语

有一句话这样说:"当上帝给你关上一道门时,他会为你打开另一扇窗。"所以,当你发现自己尽了全力向着一个方向努力却仍不能取得成功时,你是否可以告诉自己,换一种方式去接近成功?如果你这样做了,说不定你离成功就更近了一步。

假如再做一次女孩

张抗抗 [中国]

人生没有假如，把握现在才是重点。
珍惜今天，把握机会，做好每一件事，
这样的生活才是有意义的。

假如让我重新做一次女孩，最重要的事情就是，我仍然要选择我现在的妈妈再做我的妈妈。

我的妈妈和别人的妈妈不一样，别人的妈妈操心孩子吃饭穿衣的那些事情，她都是马马虎虎的；可无论你对她说什么，她都仔细倾听，帮你出主意，就像一个真正的好朋友。有人说她有一颗童心，我觉得她倒是像一个女孩。所以和她在一起，总是很轻松很开心。我认为，一个家庭无论贫穷还是富裕，如果有一个好妈妈，天上的太阳就会永远微笑。

假如让我重新做一次女孩，我希望自己能长得胖一点，当然个头还是像现在这样。因为太瘦的女孩看上去像个精灵，人都以为你聪明得不得了，会让你很心虚。长相倒无所谓，不要太丑就行，只是眼睫毛应该长一点，像个布娃娃，傻傻的好可爱。然后再扎一把粗黑的马尾辫，再系上一只漂亮的蝴蝶结，玫瑰红或天蓝色。这样我在风中奔跑的时候，蝴蝶结会像翅膀那样飞起来，我就变成了一只风筝。

假如让我重新做一次女孩，我一定要穿超短的连衣裙和背带裤，格子的、小碎花的都好看，配一双白色的连裤袜，还有一双小红皮鞋。

我希望自己的房间里有一张小床，墙上贴满了我喜欢的画儿，当然不是明星头像什么的，我可不想当追星族。

长大了我只想过一种散淡普通的生活，做一点自己愿意和喜欢做的事情。所以，我真正想要的是一架钢琴。我奇怪现在许多女孩怎么不喜欢钢琴呢？我一直梦想自己的琴声从窗口飞出去，引来许多五彩缤纷的小鸟，唧唧喳喳聚集在窗台上，为我的琴声伴奏。练琴虽然有点乏味，但美丽的音乐会滋养女孩的心情，让她变得丰富而温情。弹琴的女孩会有一双纤细灵巧的手，她不需要说很多的话——琴键就替她说了。也许，练琴的女孩学电脑会比别人更省力些呢。

假如让我重新做一次女孩，暑假里，除了游泳、看电视、打游戏机、练琴和到外婆家去，我仍然会学习做饭烧菜，学习自己钉扣子、缝衣服，坚持写日记，并且看很多很多的书。

我仍然会喜欢童话、少儿大百科和儿童文学，但我一定要看一些大人的书，包括爱情小说和侦探小说，我认为这样才会有更强的抵抗力。

我要说服爸爸和妈妈相信我也许我会偷偷写点什么，但不会再寄出去发表。过早发表习作，会使一个女孩误以为自己天生要当作家的，就像一棵树还没有长大就开花结果，把底肥都用光了，而作为骨架的枝干却很孱弱，将来也支撑不起一树繁花。

假如让我重新做一次女孩，我会玩命儿般的学外语，最好是英语，全世界通用的。

我真正做女孩的时候，在杭高学的是俄语，当时自以为成绩还不错，后来不用都忘光了。外语不好的人，走出国门后（包括在国内），就像聋哑人似的，对世界的了解有点残疾。即使不出门，在网络上也走不远、走不顺畅。当全球一体化时代到来时，就更寸步难行了。何况，不能与各种各样的人对话，会减少许多人生的乐趣。

假如让我重新做一次女孩，我希望自己就像一个真正的女孩那样，柔声细气地说话，不要那么爱哭爱生气，不要那么咄咄逼人凶巴巴的。

我不会再和爸爸顶嘴，我要做一个开心女孩，一个玩笑大王，最好什么都不在乎，心情总是万里无云的。我挽着爸爸的胳膊去散步，像朋友一样对他说："嘿，哥们！"

假如让我重新做一次女孩，无论别人对我说什么，我都不会再轻易相信。我只相信自己的眼睛看到的、自己耳朵听到的、自己的心感受到的。我不想被任何人和事摆布，更不会非当三好学生、班干部不可，更不会企图成为全班最优秀、最出色的女生。我曾经是一个什么都相信的女孩，下一次，我会多多问一个为什么，学会独立判断。

假如让我重新做一次女孩，我希望自己的心是软的。一个雨天，那个拾垃圾的农村妇女湿淋淋地从我家门前经过，我会像妈妈那样，在雨中追出门去，交给她一顶草帽，哪怕是一块塑料布，她惊讶地回头，我就像小白兔那样跑掉了。

假如，假如……

其实生命根本就没有什么"假如"，每个人的人生都不可能重新设计。当你终于从一个小女孩长成一个女人的时候，遗憾会让我们越发珍惜生命。

●作文技巧

并列式的表述方式使文章主旨深刻鲜明　　作者连用8个"假如"来总结过往，这种并列式的表达方式让读者更能深刻体味文章主旨。

> **智慧心语**
>
> 一切假如只是我们自己对过往曾经的总结，但生活不可以用"假如"这个词一了了之。任何时候，我们都应该珍惜眼前的时光，运用自己的智慧做好每一件事。这样的人生才是有意义的。

留只眼睛看自己

九歌 [中国]

在奔向成功的路途上，一定要留出时间不断地反思自己、修正自己，这样才能尽快地达到目标。

宫本五藏和柳生义寿郎是日本近代的知名剑客，宫本是柳生的师父。

柳生在拜师学艺时，曾经急切地问宫本："师父，你看凭我的条件，需要练多久才能成为一流的剑客呢？"

宫本回答："至少要10年吧！"

柳生一听这话更着急了，又问："如果我能加倍苦练，那需要多久才可以成为一流的剑客呢？"

宫本回答说："那就得20年了！"

听了师父的话，柳生一脸狐疑，又接着问："假如我再利用晚上的时间，夜以继日地苦练，那又要多久才可以成为一流的剑客？"

这次宫本回答："那你只会劳累而亡，再也无法成为一流的剑客了。"

柳生觉得师父的说法太矛盾，就问宫本："师父，为什么我越是努力地练剑,成为一流剑客的时间反而越长呢?"

宫本的回答是:"要当一流剑客的先决条件,就是必须永远保留一只眼睛注视自己,不断地反省。如果你的两只眼睛都紧紧盯着那个'一流剑客'的招牌,哪里还有眼睛注视自己呢?"

听了师父的话,聪慧的柳生忽然开窍。后来,他照着宫本的要求去做,终于成了一位名垂青史的剑客。

● 作文技巧 ▶

以问答的形式切入主题　文章用"怎样成为一流剑客"这个问题贯串全文,通过师徒二人一问一答的形式层层铺垫,最终体现出全文的中心思想。

● 智慧心语 ▶

在奔向成功的征途中,我们不妨也留一只眼睛看自己,看看自己努力的方向是不是正确,想想行动的方案是不是切合实际。通过反省,我们才能发现偏差,校正自己的目标和行动,最终实现梦想。

没空相处

郑笛 [中国]

生命短暂,请多抽出一些时间与我们的亲人、朋友共同度过,不要因为"没空相处"而留下遗憾。

有一天,我的儿子出生了。

他很可爱,但是我没有时间陪他。

我要挣钱养家，我要出人头地。

我不在他身边时，他学会了走路。我知道他会说话时，他已经能说长句子了。他对我说："爸爸，我长得像你，我长大后会像你一样。"

我摸摸他的头算是回答，然后夹起公文包往外走。儿子抱着他心爱的猫，抬头问我："爸爸，你什么时候回家啊？"

"哦，说不准。不过，爸爸有空一定会陪你玩，我们一定会玩得很开心的。"

儿子10岁那天，我送给他一个篮球作为生日礼物。他说："谢谢爸爸，我们一起玩吧，你能教我打篮球吗？"

我说："今天恐怕不行，我还有许多事情要处理呢。"

"那好吧。"他说。

然后，他转身离开。

他的脸上没有露出失望，他很坚强，越来越像我了。

有一天，他从大学放暑假回家了。

嘿！他魁梧挺拔，朝气蓬勃，完全是一个男子汉的模样。

我对他说："儿子，你让我感到自豪，你能坐下来和我说一会儿话吗？"

他摇摇头，笑着对我说："暑假长着呢，我约了同学出去兜风，你能把车子借我用一用吗？谢谢，再见。"

我退休了，儿子也结婚搬出去住了。

有一天，我给他打电话。

我说："如果可以，我想见见你。"

他说："爸爸，我很想去看你，但是今天恐怕不行，我还有许多事情要处理呢！"

我忽然感到这些话是那么的熟悉。是啊！儿子长大了，他真的很像当年的我。

我抚摸着怀里的猫，最后我对着话筒问道："儿子，你什么时候回家啊？"

"哦，说不准，不过我一有空就会去看望你，我们一定会谈得很开心。"

我忽然觉得非常痛苦。我痛苦的不是儿子对我的冷淡，而是儿子在重复着我以前的错误。我想，如果人生可以重来，为了儿子，我宁肯放弃一切……

但愿不要让这样的事情在你的生活中发生，因为人生只有一次，不能重来。

作文技巧

截取特定情节彰显主题 作者选取特定情节，将儿子和"我"在相同阶段的相同错误——展现，营造出世事轮回般的意境，深刻体现文章主旨。

智慧心语

人类在相处中建立关系，建立感情。然而，因为没空相处，人与人之间的距离越来越远。一旦醒悟过来，也许为时已晚。所以，有空的时候我们能不能把时间用来与那些值得我们爱，值得我们珍惜的人相处？千万不要因为"没空相处"而留下太多遗憾。

煤气泄漏

张抗抗 [中国]

不要总是把错误归结到别人身上。
遇到问题，
首先要检讨和审视的是我们自己。

一日，有朋友来家里做客。许久不见，相谈甚欢。从盖茨到普京，从搜狐到博库，还有北京的空气质量、沙尘暴、干热风、太湖滇池死鱼、黄河断流、贪污三峡移民款事件等，自宇宙星象国际风云直至国内存款利息税收和周边地区种种恶性案件……说到激愤处，不免慷慨陈词，痛斥社会丑陋现象，只恨自己不是三头六臂，无力救百姓于水火。

闲聊多时，朋友掏出一只精美的打火机来点烟，说是前几天友人相赠，尚未舍得使用，今天与大家共享。众人依次欣赏，见机壳表面镶有美女，点火时，那美人眼睛簌地一亮，果然新奇。

忽然，不知何处传来一股酸涩呛人的异味，从鼻尖下一溜烟滑过。

煤气！有人尖叫。煤气泄漏，快去看看你家厨房。

慌慌进得厨房，深吸一口气，奇怪的是，刚才那种煤气味已踪影全无。再细细查看煤气管道，连总闸都已关闭，何来泄漏？

回到客厅，说你们大惊小怪，空气污染把嗅觉都搞得颠三倒四了。

继续神聊海侃，说起城市交通管理，该管的不管，马路一塞车，警察就无影无踪，遍寻无着，原来在街角上扣车写罚款单……

屋里烟雾缭绕。

不对，还是有煤气味！朋友中断话题，严肃地转头回顾。刚才我明明是闻到了嘛，我的鼻子很灵的，还是再检查检查，千万不要疏忽大意。

又检查一遍，哪儿都是好好的。再去楼道，那味儿竟然一丁点儿也闻不到，可见也非邻居家的煤气泄漏。进得屋来，众人都说煤气味时断时续，这会儿已像苍蝇般飞走了。真是怪事，莫非那煤气还隔十几分钟泄漏一次不成？

朋友说：现在的问题是，年轻人普遍缺少对社会的关怀和社会责任，对许多丑恶现象麻木不仁……

他一边说着，一边掏出打火机，伸长了胳膊为对面的一位先生点烟。那只打火机就在我的眼前，我清楚地听见了，从机壳的美女身上，发出了一阵哧哧的响声，然后，我就闻到了一股酸涩的异味，不，是煤气味，正从美女的鼻孔中冒出来，再钻进我们的鼻孔，就那么在空气中晃荡了一下，稍纵即逝。

我说这下可逮着了，是你的打火机漏气啦，你身上就带着一个煤气罐，揣着一兜子煤气，还满世界找罪恶之源呢。

他的手抖了抖，大叫一声："我说这玩意儿咋这么凉呢！"慌忙起身将手中的打火机扔入了垃圾桶，闻一闻指尖，又去洗手。折腾多时，落座还脸红。

一位长者慢悠悠地说："可惜呀，我们在批判世界的时候，却习惯把自己排除在外。我们都喜欢替别人找毛病，有问题总是人家的。然而，私欲与生俱来，社会问题每个人都有责任。谁能说外面的空气污浊，就你家的房子是个氧吧呢？"

众人默然。

●作文技巧▸

文章以小见大，立意高远　朋友聊天很常见，作者却把聊天的内容与人们的所作所为相联系，借文中人物的语言来点题，使得文章寓意深刻。

●智慧心语▸

给别人指出缺点和错误是应该的。但如果像镜子一样，总是照别人，不照自己；出了问题，总把自己排除在外，总在别人身上找原因……这些都是妨碍你进步的绊脚石。排除这些与生俱来的私念，遇事做到自我反思，自我完善，才能使自己真正进步。

女孩和牛奶罐

雅琴 [中国]

人生和命运都掌握在自己手中，只沉溺于幻想的人，最终将会一无所获。

清晨，一个女孩拿着挤好的牛奶到街上去卖。

在这之前，女孩已经去街上卖过很多次牛奶了，所以对于市场的地点以及如何卖个好价钱，她都相当清楚。和以往一样，女孩把牛奶罐顶在头上，往市场走去。

天空晴朗，微风轻柔地吹拂着她的面颊，可女孩却对这一切都无动于衷。她的心早就飞到了繁华热闹的大街上，满脑子想的都是卖完牛奶后的各种打算。

那时候，她的手上会有一笔钱，往常她总会在卖完牛奶后到市场上买各式各样的小东西，这是女孩最大的乐趣。一想到那些形状特别的水果、香甜可口的点心，还有色彩鲜亮的布料，女孩就开心无比。

"对了，甜点铺的隔壁有漂亮的围巾卖。今天得去那里瞧一瞧，或许会找到花色美妙的围巾。围上那条围巾到街上的广场走一走，别人肯定会认为我是好家庭出身的女孩。也许会有人跟我搭讪，可那时我该怎么办呢？如果那个人长得不怎么样，我就只报以浅浅的微笑，直接拒绝。如果那个人很英俊，家世看来也不错，我要怎么办呢？如果那个人问我要不要参加今天晚上的舞会，还伸出手来邀请，我又该怎么办呢？在那样的情况下，即使我想接受，也要先隔一点时间，然后再嫣然一笑，给予答复。我必须做出千金小姐的模样，稍微屈膝，点头致意才行……"

好像现在就有一位绅士站在面前邀请她跳舞似的，女孩稍稍屈膝，伸出了一只手，垂下眼睛致意。可是，这下糟了，她头上的牛奶罐掉到地上摔破了！

作文技巧

用出人意料的结局表现文章主题　　文章先展开了大量的心理描写，结局却充满讽刺色彩，营造出喜剧般的阅读效果，二者互为照应，深刻表现主题。

智慧心语

理想，是成长的灯塔；立志，是成长的阶梯；奋斗，是成长的道路。每个有远大理想的人必须脚踏实地、一步一个脚印地艰苦奋斗，才能把理想变为现实。切记，天上是不会掉馅饼的，那些只沉溺于幻想的人，最终将会一无所获。

让恨像花儿一样

汤红霞 [中国]

仇恨是一种记忆。如果你不想被它湮没，
那就让它停住，让它像花儿一样开在哪里便谢在哪里。
这才是生活的智慧。

  她曾经是一个美丽健康的小女孩，有一双灵巧的手，会画画，会弹钢琴，人人都说她是个小天使。

  11岁的时候，她的父母离异了，她被判给了父亲。继母是个恶毒的女人，对她非打即骂。她吃不饱穿不暖，还要负担粗重的家务。即便是这样忍气吞声，她的灾难还是来了。一天夜里，丧心病狂的继母挥刀砍下了她的右手，她的人生从此残缺不全。

  小小的她，第一次懂得了什么叫仇恨。继母被关进牢中服刑，母亲流着泪将她接到了自己身边。

  从一个正常人到残疾人，其中所经历的身心痛苦不言而喻。她的右臂残缺不全，一切只能从左手学起。穿衣，吃饭，写字，游泳，骑自行车，每学一样都像在刀尖上舞蹈，是血与泪的交织。而每一次的流泪和疼痛，都会让她对继母的仇恨更深一层。

  有些戏剧化的是，花心的父亲又离婚再娶了。当初继母和父亲所生的小男孩，也有了一个同样恶毒的继母。小男孩不仅受到了她所受过的苦，还遭尽外人歧视，甚至连读书的机会都没有。他的经历比她更为凄惨。

报应，这就是报应。母亲咬着牙说。

她却沉默了，显得心事重重。让人不能理解的是，从那以后她竟然经常往小男孩那儿跑，偷偷给他送去好吃的，还把自己的零用钱给他。母亲拦都拦不住。

时光飞逝，高考的时候她以609分的高分考入了大学。尽管学费无着，人们却因为她的特殊身份和自强自立，为她募集了两万元钱。本来，念四年大学，两万元已算拮据，她却做出了一个惊人之举——将捐款拿出一半分给了小男孩。

媒体一片哗然。当记者问她为什么要这么做时，她说，这个孩子是无辜的。她还说，以后自己辛苦一点没关系，但他8岁了，应该上学了。她最后的一句话更是掷地有声，她说：大学毕业后，如果继母还没有出狱，她将会全力供小男孩上学。

这个女孩名叫左小萃，她的事迹使牢狱中的继母愧疚忏悔，也引起了人们的感动和反思。她的深明大义，让我们在这个残酷的故事里，突然看到了人性的光辉与美好。

作文技巧

巧做铺垫，营造出峰回路转般的阅读效果　故事的结局出人意料，读之让人备受震撼，这不得不归功于作者在故事前半部分做下的巧妙铺垫。

智慧心语

> 有时，我们总是把仇恨当成种子一样种在心里，让它生根发芽，一代一代，无休无止。而实际上，仇恨会让我们在报复他人的同时也伤害了自己。因此，对待仇恨的最理智的态度应该是，让它停留在发生的那一瞬，不牵涉，不波及，这才是重获温馨和睦的真谛。

扫阳光

雅琴 [中国]

把心扉打开,爱就会进来。相反,
如果一个人刻意地、虚伪地对待身边的人和事,
也许他永远也感受不到爱的美好。

杰克和约翰是一对兄弟,他们住在一间小小的阁楼里。

由于年久失修,卧室的窗户只能整天密闭着。厚厚的、布满灰尘的窗户遮蔽住了阳光,整个屋子十分阴暗。

兄弟俩看见外面灿烂的阳光觉得十分羡慕,于是就商量说:"我们可以一起把外面的阳光扫一点进来。"

于是,他们拿着扫帚和簸箕,到阳台去扫阳光了。

他们很用心地将映在地上的阳光扫进簸箕里,然后又小心翼翼地搬进阁楼,可是一进楼梯口的黑暗处,阳光就没有了。但是他们并没有放弃,而是一而再,再而三地扫,小心翼翼地搬。

然而,他们的工作依然是徒劳,屋内还是没有阳光。"为什么我们这样努力都无法将阳光运到屋子里呢?"这个问题让他们困惑不已。

正在厨房忙碌的母亲看见他们的奇怪举动,问道:"你们在做什么?"

他们回答说:"房间里太暗了,我们要扫点阳光进来。"

母亲笑道:"只要把窗户打开,阳光自然会进来,何必去扫呢?"

作文技巧

用画龙点睛式的结尾表现文章主题 怎样才能感受到阳光的温暖？在文章结尾，母亲的一句话点醒了所有人，这样的结构安排使得文章意蕴深远。

智慧心语

只要将窗户打开，你就可以感受到阳光的温暖。同样的道理，当你肯把封闭的心门敞开，哪怕只是露出一点缝隙，你也可以立即感受到无穷的光明和温暖，感受到来自他人的爱。

生命的三个支点

佚名

智慧、简单、专注是生命的三个支点，
凭借这三个支点，就能开启成功的大门。

有一种很小的鸟，能够飞行几万里，跨越太平洋。它需要的只是一小截树枝。它把树枝衔在嘴里，累了就把那截树枝扔到水面上，然后飞落在树枝上休息一会儿；饿了它会站在那截树枝上捕鱼；困了它就站在那截树枝上睡觉。

一截树枝，一个愿望，一份执著。

我们不禁敬仰于鸟的智慧，羡慕于鸟的简单，惊讶于鸟的专注。智慧、简单、专注，于人，这也是生命的三个支点吧。

一个智障孩子，每个人见了他都会烦，包括他的父母。他整天哭闹，并且做出吓人的模样，身体不停地扭动，没有人能够让他停止下来。父母必须24小时照顾他，否则他会破坏家里的一切。他每天只睡3个小时，而且在这3个小时里，还会突然醒来。他的父亲几次想把他送到社会福利院，就是无法下定决心。

孩子6岁的时候，还说不好一句话，连背诵一个单词都十分困难，而且他开始不愿见生人。医生诊断后告诉他的父母："可怜的孩子，他得了自闭症。"

没有人能教育他，家人只得求助于康复中心。于是，父母把他带到一家儿童教养中心。那里的老师也无法管教他，因为他不停地在课堂上发出尖叫，让其他孩子惊吓不已。他的手不断地在玩东西，一刻也不休息，连睡觉的时候也在动。

老师说这样的孩子没救了，让他自生自灭吧。

有一天，孩子发现地上有一支水笔，就用它在地上画了一道线。然后，他不停地玩着这支水笔，不断地在地上画着线条，没有人阻止他这么干。

第二天，他继续画。细心的老师发现了他画的这些线条，不禁惊呼道："天哪，他竟然会画画。"

其实，这些线条并不是画，只是一个智障儿童能画出圆形、方形的线条，足以让人惊讶。

老师没有像往常一样夺走他手中的东西，而是在地上铺好白纸，让他在纸上画；又给他不同颜色的水笔，让他尝试着用它们。这个孩子就一直抓着他的水笔，除了睡觉之外的时间都在作画。没有人指导他，他的世界里只有他自己和水笔。

10年后，他的画被人拿到了拍卖会上，结果意外地卖出了，而且被许多资深画家看好。

他就这样一举成名。他的名字叫理查·范辅乐，苏格兰人。他的作品在欧洲和北美展出过一百多次，已卖出一千多幅，每幅的售价是2000美元。

现在，许多人都会感叹一个智障孩子竟然可以成为画家，但谁都忽略了这样的一个细节：他眼里没有其他的诱惑和干扰，只有他的水笔，即使在吃饭的时候还是握着它。这有几个正常人能做到？

● **作文技巧** ▶

选取典型事例表达主题 能跨越太平洋的小鸟和成为画家的智障孩子，都是典型事例。作者别具匠心地将它们布置在同一文章之中，更能体现出文章的中心。

● **智慧心语** ▶

心迹杂乱，人心浮躁，已经成为整个社会的通病。在这个乱哄哄的世界上，谁能静下心来，简单地、认认真真地只做一件事，反而成了最难的事情。相反，如果你能做到这一点，你就掌握了成功的秘诀。

拴在木棍上的骆驼

北林 [中国]

我们失败的原因常常只有两种：一种是因为经验不足，而另一种则是因为经验太多。

在非洲的撒哈拉沙漠里，骆驼是人们最主要的交通工具。那里的每户人家几乎都饲养着一峰甚至十几峰骆驼。

驯服骆驼是一件最为棘手的事情，因为骆驼一旦狂躁起来，十来个人也拉不住。所以，驯服骆驼是撒哈拉养骆驼人家最普遍的技能。

在骆驼出生后不久，养骆驼的人就要在地上深深楔下一根用红线缠裹的鲜艳木桩，用来拴骆驼。骆驼当然不甘屈服于一根看似微不足道的小小木桩。它拼命拽着绳子，左突右跳，想把那根小木桩从地下彻底拔出来。但骆驼根本不知道，那根看似又矮又小的木桩不仅楔得很深，而且被驯驼人绑上了沉重的石块，就是十几峰成年骆驼一起用力，也根本没有办法把它拔出来。

几天后，精疲力竭的骆驼屈服了，它敬畏木桩。这时，主人把木桩上缠裹的红线拆下来，靠着木桩坐下，用手悠闲地拉住拴骆驼的绳子不住地抖动，这样，不甘受人摆布的骆驼又红着眼睛狂躁起来，它相信自己一定比这个矮自己许多的人力量大。于是，它又拼命地拽，拼命地挣扎，甚至连4只驼蹄都折腾出血来，但那个紧拉缰绳的人却依旧泰然自若，骆驼只得渐渐臣服。第二天，牵骆驼缰绳的人换成了一个小孩，骆驼的野性又燃烧起来，开始了新一轮的挣脱。当然，最后它还是精疲力竭地败下阵来。

骆驼终于彻底被驯服了。从这天开始，只要主人手拿一根拴着骆驼的小木棍，随便往地上一插，骆驼便围着那根小棍转来转去，从此再也不敢试着和小棍抗衡了。随着骆驼一天天长大，它对于被小棍牵着的生活，已经彻底习惯了。

在撒哈拉沙漠上常常发生这样的悲剧：当沙暴突然来临时，一些驼队的人为了防止自己的骆驼走失，往往会在地上插上一根木棍，然后把一头甚至几头骆驼一起拴到这根小棍上。悲剧就这样发生了，当驼队的主人被巨大的沙暴远远裹走后，那些骆驼还牢牢地卧在小棍周围。因为主人生死不明，这些骆驼失去了为它们拔掉小木棍的人，它们就寸步不离地守在那里，一天、两天……最后，它们都被活活地饿死了。

作文技巧

借事言理，深化主题 作者看似在讲撒哈拉沙漠中的驯驼方法，实则是在借骆驼的遭遇来阐明道理，使得文章寓意深刻。

智慧心语

与其说骆驼是饿死于缺少食物，还不如说是饿死于自己的经验和习惯。有时，我们也会被一种叫"经验"的东西蒙蔽了眼睛，束缚了思想。经验是可贵的，但它仍不是绝对的真理。拥有经验而又懂得利用经验，同时又善于积累新经验的人才是真正的智者。

双面神石雕

雅琴 [中国]

现在是将来的过去，也是过去的将来。
如果不能牢牢地把握现在，
我们就没有过去和将来可言。

一位哲学家途经荒漠，看到了很久以前的一座城池的废墟。岁月已经让这个城池显得满目沧桑，但仔细地看却依然能辨认出昔日的风采。哲学家想在此休息一下，就随手搬过一个石雕坐了下来。

他点燃一支烟，望着被历史淘汰下来的城垣，想象着曾经发生过的故事，不由得感叹了一声。

忽然，他听到有人说："先生，你感叹什么呀？"

他四下里望了望，周围并没有人。

就在这时，那声音又响起来。

哲学家仔细一看，说话的原来是那个石雕。

这个石雕是一尊"双面神"神像。

哲学家没有见过双面神，所以就奇怪地问："你为什么会有两副面孔呢？"

双面神回答："有了两副面孔，我才能用一面察看过去，牢牢吸取曾经的教训。另一面又可以瞻望未来，去憧憬无限美好的明天。"

哲学家说："过去的只能是现在的逝去，再也无法留住，而未来又是现在的延续，是你现在无法得到的。你不把现在放在眼里，即使你能对过去了如指掌，对未来洞察先知，又有什么实在的意义呢？"

双面神听了哲学家的话，不由得痛哭起来，他说："先生啊，听了你的话，我才明白，我今天落得如此下场的根源。"

哲学家问："是什么？"

双面神说："很久以前，我驻守这座城池时，自诩能够一面察看过去，一面瞻望未来，却唯独没有好好地把握住现在。结果，这座城池很快便被敌人攻陷了，曾有的辉煌都成为了过眼云烟，我也遭人唾骂，被弃于废墟之中了！"

作文技巧

用寓言形式阐述深刻哲理　　本文以寓言的形式，通过哲学家与双面神石雕的对话，透露出对人生智慧的感悟，升华主题。

 **智慧心语**

　　双面神的悲剧源于它自身的无知。未来和过去，都是无法触及和更改的。在时间一分一秒的流逝中，容易被人们所忽略的就是眼前所拥有的人和事。留心观察，现在的、身边的许多东西都值得我们珍惜。懂得把握现在，才会赢得一生的幸福。

喜欢你已经拥有的

何权峰 [中国]

　　智者不为自己没有的悲伤而活，
却为自己拥有的欢喜而活。人生原本很美好，
请不要为那些你不能拥有的东西而痛苦。

　　1929年，纽约股市崩盘，美国一家大公司的老板忧心忡忡地回到家里。

　　"你怎么了？亲爱的！"看见他回家，妻子笑容可掬地问。

　　"完了！完了！我被法院宣告破产了，家里所有的财产明天就要被法院查封了。"他说完便伤心地低头饮泣。

　　妻子这时柔声问道："你的身体也被查封了吗？"

　　"没有！"他不解地抬起头来。

　　"那么，我这个做妻子的也被查封了吗？"

　　"没有！"他拭去了眼角的泪，无助地望了妻子一眼。

　　"那孩子们呢？"

"他们还小，跟这档子事根本无关呀！"

"既然如此，那你怎么能说家里所有的财产都要被查封呢？你还有一个支持你的妻子以及一群有希望的孩子，而且你有丰富的经验，还拥有健康的身体和灵活的头脑。至于丢掉的财富，就当是过去白忙一场算了！以后还可以再赚回来的，不是吗？"妻子说。

三年后，他的公司再次发展成为《财富》杂志评选出的五大企业之一。而这一切成就仅仅来自于他妻子的几句话。

在你感到沮丧的时候，请列出一张详细的生命资产表——

你有没有完好的双手双脚？有没有一个会思考的大脑和健康的身体？有没有亲人、朋友、伴侣、孩子？有没有某方面的知识和特长？

……

把注意力放在你所拥有的，而不是没有的或者失去的那部分，你将会发现，原来自己已经很幸福了！

作文技巧

用对话描写体现文章主旨 在本文中，作者用丈夫和妻子之间的短短数语，不仅体现了文章的主题，也给读者留下了极大的思考空间。

智慧心语

许多人总是觉得自己得到的很少，失去的太多，于是一味索求，只想得到自己没有的东西，却毫不在乎自己真正拥有的一切。其实，世界上最珍贵的东西就是我们现在拥有的。比如：好身体、好心情，还有爱我们和我们爱的人，这些难道不值得我们更加珍惜吗？

小店相识

吴建雄 [中国]

当一个人失去什么的时候，才会发现那东西是可贵的。缅怀过去也是一种哲学，它可以教会你珍惜现在。

我坐在一家小吃店里自斟自饮。

忽然，一位女士走了进来，侍者请她在邻桌就坐。看上去，她大约快四十岁了，却依旧轮廓清秀，线条优美，穿着简洁而入时。

我在另一张桌旁还发现了一个四十多岁的男人，他冲她微笑着，她也以笑回敬。

过了一会儿，男人起身走了出去，片刻而归，回到原座，手中添了一束兰花。他在一张菜单上写了几笔，然后交给侍者，侍者将菜单与兰花一并送到了刚才那位女士面前。

女士看过菜单后微微点头，那名男子随即离座移步过来。

我听见这位男子说："十分感谢您能允许我与您同坐一桌，独自一人实在无聊。"接着我又听到他说，"我在城里经常见到您，但不知如何接近。"

女士听后友好地对他报以微笑。侍者送来了葡萄酒，这时男子又说："今天喝葡萄酒是再合适不过了，来，小姐，为我们的相识干杯！"

我要走了，结账时侍者悄悄告诉我："他们这样已经好久了，每年3月的傍晚总是男的先来，女的后到，总要同一张桌子，多少年

来一直如此。有一次,我问那位教授先生为何要这样做,他回答说:
"'我们想保持年轻。'"

"那位女士是谁呢?"我问侍者。

"他的妻子。"

作文技巧

出人意料的结局体现文章内涵 在看到文章结尾之前,所有人都会猜想两位主人公的真实关系,这样一种构思使读者在惊讶中恍然大悟,更能体味文章主旨。

智慧心语

人生在世,需要珍惜的东西有很多,但人们往往在失去它之后,才会想到珍惜二字,而这已经为时太晚。因此,学会珍惜,懂得珍惜,会使我们的生活多几分甜美,少一些遗憾,多几分幸福,少一些痛悔。

小和尚磨豆子

宋玉莲 [中国]

平和的心态会使你脚步轻盈,忘记压力和忧虑。
在前行的道路上,别忘了时刻以轻松的心态面对。

从前,山中有座庙,庙里没有石磨,因此,庙里每天都要派和尚挑豆子到山下农庄去磨。

一天,有个小和尚被派去磨豆子。在离开前,厨房的大和尚交给他满满的一担豆子,并严厉警告:"你千万要小心,庙里最近的收入很不理想,路上绝对不可以把豆浆洒出来。"

小和尚答应后就下山去磨豆子。在回庙的路上,他一想到大和尚凶恶的表情及严厉的告诫,就觉得很紧张。小和尚小心翼翼地挑着装满豆浆的大桶,一步一步地走在山路上,生怕有什么闪失。

不幸的是,就在快到厨房时,前面走来一位冒冒失失的施主,撞得桶里的豆浆倒掉了一大半。小和尚非常害怕,紧张得直冒冷汗。

大和尚看到小和尚挑回的豆浆时,当然非常生气,他指着小和尚大骂:"你这个笨蛋!我不是说要小心吗?浪费了这么多豆浆,去喝西北风啊!"

一位老和尚听闻,安抚好大和尚的情绪,并私下对小和尚说:"明天你再下山去,观察一下沿途的人和事,回来给我写个报告,顺便挑担豆子下去磨吧。"

小和尚说,自己连磨豆子都做不好,哪可能既要担豆浆,又要看风景,回来后还要写报告呢?

在老和尚的一再坚持下,第二天,小和尚只好勉强上路了。回来的路上,小和尚发现路边的风景真的很美:远处有雄伟的山峰,还有农夫在梯田上耕种;一群小孩在空地上开心地玩耍,路边还有两位老先生在下棋。就这样,他一边走一边看风景,不知不觉就回到庙里了。

当小和尚把豆浆交给大和尚时,发现两只桶都装得满满的,豆浆一点儿也没有溢出来。

✒作文技巧

运用对比描写表现主题 两种不同的心态,就形成了两种不同的结果,作者通过对二者进行对比描写,表达了文章的主旨。

> **智慧心语**

> 人生的每一个经历都是享受生命的一种手段，其本质是收获快乐。与其天天在乎功名利益，造成心理紧张、压力过大，还不如在平凡的生活中享受每一个过程的快乐。只有真正懂得从生活中找到人生乐趣的人，才会体会到生活的美好。

像水一样流淌

张建伟 [中国]

人有的时候应该像水一样前进——如果前面是座山，
就绕过去；如果前面是张网，就渗过去；
如果前面是道闸门，就停下来，等待时机。

从小，他就有从大学中文系到职业作家的绚丽规划。然而，命运和他开了一个玩笑。

1955年，他的哥哥要考师范了，但是，父亲靠卖树的微薄收入根本无法供兄弟俩一起读书，父亲只好让年幼的他先休学一年，让哥哥考上师范后他再去读书。看着一向坚强、不向子女哭穷的父亲如此说，他立刻决定休学一年。不过，就是这停滞的一年，让他和哥哥的命运，从此天上地下。

1962年，他20岁时高中毕业。"大跃进"造成的饥荒和经济严重困难迫使高等学校大大减少了招生名额。1961年，他就读的这个学校有50%的学生考取了大学。然而仅一年之隔，同一学校考上大学的人数却成了个位数，他也落榜了。

高考结束后，他经历了青春岁月中最痛苦的两个月，几十个日夜的惶恐紧张等来的却是一个不被录取的通知书，所有的理想、前途和未来在瞬间崩塌。他只盯着头顶的那一小块天空，空中飘来一片乌云，他的世界便黯淡了。他不知所措，六神无主，记不清多少个深夜，从用烂木头搭成的床上惊叫着跌到床下。

沉默寡言的父亲开始担心儿子："考不上大学，再弄个精神病怎么办？"于是就问他："你知道水是怎么流出大山的吗？"他茫然地摇摇头。父亲缓缓说道："水遇到大山，碰撞一次后，不能把它冲垮，不能越过它，就学会转弯，绕道而行，借势取径。记住，困难的旁边就是出路，是机遇，是希望！"

父亲又说："即便遇见了深潭，即便暂时遇到了困境，只要我们不忘流淌，不断积蓄活水，不断向前奔流，就一定能够找到出口，柳暗花明。"

一语惊醒梦中人。

1962年，他在西安郊区毛西公社的村小学任教；1964年，他在西安郊区毛西公社农业中学任教。后来，又历任文化馆副馆长、馆长。1982年，他终于"流"出大山，进入陕西省作家协会工作。1992年，正是这40年农村生活的积累，使他写出了大气磅礴、颇具史诗风格的《白鹿原》。

他就是著名作家陈忠实。

后来有人问他："怎样面对困难与挫折？"老先生总是淡淡地说："像水一样流淌。"

作文技巧

用结尾点明文章主旨 文章讲述了一个如何摆脱逆境,走向成功的故事,结尾处用一句含蓄隽永的话——"像水一样流淌"点明文章主旨,更加耐人寻味,发人深省。

智慧心语

> 像水一样流淌,这是岁月积淀的智慧。遇见困难,努力了,无法消灭它,不如像流水一样,在大山旁边寻找低处突围,依山而行,借势取径。只要我们不忘努力,不断奔突,也一样能够走出困境,到达远方,实现梦想。

一个人的旅程

蔡成 [中国]

> 人的一生就是一场旅途,
> 我们应该尽量让旅途的过程变得更精彩,
> 更有意义,而不是一味地追求得失。

一个人独自出门旅行,在一处山清水秀的地方迷了路。路遇沟涧,肚腹空空的他意外地抓到了一条大鱼。

惊喜交加的游客燃起一堆火,想将鱼烤熟饱餐一顿。火刚燃起,鱼还没开始烤,突然出现的一只山猫飞快地叼跑了鱼。大吃一惊的游客憋足劲儿追赶那只山猫,眼看快要追不上了,他只好随手捡起一块石头砸过去。实在是巧,石头结结实实地敲在山猫头上,将山猫砸晕了。

欢天喜地的游客用野藤捆住山猫，重新开始烤鱼。不料，烤鱼的香气飘得太远，竟招来了一群狼。游客惊慌失措地将鱼扔给狼，但狼不稀罕鱼的美味，而是虎视眈眈地盯着孤身一人的游客。急中生智的游客拎着捆绑好的山猫赶紧攀上一棵大树。狼在下，人在上，对峙了半天，饿得头昏眼花的游客不得不决定用牙齿撕咬山猫来解饥。正准备下嘴，只听几声铳炮巨响，树下的几只狼应声倒地，其余的狼则落荒而逃。原来，是几个猎人听到狼嚎赶了过来。

绝境逢生的游客下了树。望着一堆猎物，猎人很高兴，不但当场给游客烤狼腿吃，还细心地给他指明了正确的方向。

游客踏上回程，没走多远，就撞上了一支考察队。考察队看中了游客抱着的那只山猫，想买回去做标本。游客暗自庆幸没将山猫扔掉，喜滋滋地收了两枚金币。

怀揣金币的游客脚步轻盈地继续前进，不幸再次发生了——他与两名强盗狭路相逢。强盗抢走了他的金币，万幸的是，因为他的苦苦哀求，强盗没要他的小命，只是将他揍了一顿。

强盗走了，鼻青脸肿的游客在山溪边清洗伤口时，几个警察出现了。游客赶紧领着警察朝强盗逃窜的方向追赶。强盗落网了，一审，他们竟是犯下不少重案的大盗。这样一来，游客获得了一笔奖金。

游客回到了家，得意扬扬地拿出奖金向太太炫耀。正在这时，电话响了，他的父亲突发急症。游客匆匆忙忙赶到医院，奖金变成了医药费。他对太太抱怨："折腾一番后发了一笔横财，却在一瞬间两手空空。"太太说："你出门去旅游时不也是两手空空吗？"

这个人想了想，咧嘴笑了。

作文技巧

巧妙安排故事情节，突出文章主旨　故事从开始到结束，每个情节环环相扣，互为因果，这样的情节安排让人不得不感叹于人生的变幻无常，更能体味到文章的主题思想。

智慧心语

人生本就是一段旅程，"旅程"中遭遇的一切，无论幸与不幸，其实都是转瞬即逝，无足轻重的。所以，不必为"旅途"中的不幸唉声叹气，也无须因"旅途"中的幸运得意忘形。无论人生长短，我们只需走好每一步，自然就能看到每一处的风景。

与幸福擦肩而过

王启国 [中国]

幸福是什么颜色？也许它是透明的，
在我们自作聪明地观望时，它已经悄悄走过。

一位年轻人即将大学毕业，他一直渴望拥有一辆跑车，于是，他跟父亲说了自己的想法。

随着毕业典礼的临近，年轻人期待着父亲给他一个惊喜。终于，在举行毕业典礼那个早晨，父亲把他叫到自己的书房，告诉他，自己是多么爱他，为有一个这么出色的儿子而感到自豪。

接着，父亲递给儿子一个包装精美的礼品盒。年轻人既好奇又略显失望地打开礼品盒，发现里面是一本精美的皮革封面的书，上面用金色的字刻着他的名字。年轻人生气地向父亲大声喊："你明明知道我的愿望，却给我一本书？"接着，他丢下书，咆哮着冲出了屋子。

很多年以后，年轻人已事业有成。静下心来时，他开始后悔自己当年的举动。他想回去看看父亲，从毕业那天起他就一直没有见过父亲。正准备起程时，他却收到一封电报——父亲去世了，把所有财产留给了他。

进入父亲的房间，他感到深深的悔恨和悲伤。他慢慢整理父亲的文件，发现了那本书——父亲送给他的礼物。他含泪打开书，一页一页地翻着。忽然，从书的背面掉出一把车钥匙，挂着的标签上写着一个汽车经销商的名字。仔细一看，那正是他曾梦寐以求想要得到的那辆跑车，标签上还标明了他的毕业日期及"款已付清"的字样。

多少次我们与幸福擦肩而过，仅仅是因为幸福没有按照我们想象中的样子精美包装。

作文技巧

结尾点题，提升文章立意 在文章结尾处，作者以读者的视角来点评整个故事，点出主题，使得文章立意深远。

智慧心语

有时，幸福总是按照自己的意愿，不紧不慢地走来，并不是每一个人都能看清它，把握它。所以，在你还没有得到自己想要的东西之前，请不要急于放弃已经拥有的一切，那些表面上看起来很普通的东西或许正是等待开启的幸运之门。

最后一刻

佚名

很多人的失败，不是败在体力、智力和能力上，而是败在意志力的丧失和最后一刻的放弃。

有一次看电视体育节目，其中回放了20世纪70年代拳王阿里和另一位拳坛猛将菲雷泽的一场比赛。

在比赛进行到第14回合时，阿里已精疲力竭。但是，他仍竭力保持着坚毅的表情和决不低头的气势。最后，菲雷泽放弃了，裁判当即高举阿里的臂膀，宣布阿里获胜。这时，保住了"拳王"称号的阿里还未走到台中央，便眼前一黑，双腿无力地跪倒在地上。

菲雷泽见此后悔莫及。

作文技巧

用急速变化的故事情节升华文章主题 故事的结尾发生了突如其来的变化，大大超出读者的意料。这样一个结尾更加体现了阿里坚韧不拔的意志力，升华了主题。

智慧心语

从拳王阿里身上，我们看到了获胜者的姿态，那就是：意志不倒！坚韧不拔的意志是克服一切困难的保障，它可以帮助我们成就一切事情，实现自己的理想。只要你能做到意志坚强，永不放弃，胜利就会属于你。

③ 用心灵拥抱生活

Chapter 71～104

　　欢乐不是人生最好的解脱，痛苦也不是人生最大的失落。痛苦充实了每个富有感情、善于思想的人生。缺乏痛苦，人生将剥落全部光彩，幸福更无从谈起。当痛苦袭来，别拒绝，别害怕，只要学那珠贝，把痛苦紧紧咬住，也许就能把它变成美丽的珍珠。

除却心灵的伤疤

曾庆宁 [中国]

许多人缺少的不是美,而是自信的气质。
其实,自信本身就是一种美,
有了积极的心态才会取得成功。

他用拇指轻轻刮着我脸上那块扭曲的伤疤。这位外科医生,看样子比我大15岁,是一个非常有魅力的男子。他身上透露出一股阳刚之气,如闪电般犀利的眼神背后藏有一种压倒一切的力量。

"嗯,"他静静地说,"你是一个模特吗?"

"这是一个笑话吗?他在开玩笑?"我问自己。我盯着他的脸,想要搜寻任何嘲讽的痕迹。可是,我却看到一张严肃的脸。

从来不会有人把我跟一个时装模特弄混淆,因为我相貌丑陋。母亲从来都是对别人说:"我那个漂亮的孩子在……"她指的是我姐姐。所有看到过我的人都认为我的相貌实在不美丽,更何况,后来我脸上还多了块疤痕。

那场事故,发生在我念小学四年级的时候。邻居家那个顽皮的小男孩捡起一大块混凝土砖头,一下砸到我脸上。在医院的急救室里,医生将我血肉模糊的脸缝了起来,接着又将嘴上破碎的肉用羊肠线连在一起。此后大半年的时间,为了防止伤口发炎,我从颧骨到下巴一直被一块巨大的纱布包裹着。

事故发生几周后,我接受了一次眼部检查。结果显示,我的视力也受到了损伤，我突然变成了近视眼。就这样，在那块难看的纱布上，我又架上了一个厚厚的大眼镜。那时，我长着短短的卷曲的头发，有人说它看上去就像过期的面包上长出的霉菌。

为了省钱，母亲带我去美发学校给人当实验品。在那里，一个学生免费给我理发。那个高度兴奋的女孩大把大把地剪着我的头发。当她的老师走过来时，我的头发已经给她弄得一团糟。之后，我们和美容学校进行了谈判，他们给了我们一张优惠券，说下次过来可以免费选择任意一个发型。

"天啊！"那天晚上，父亲看到我之后，很吃惊。"你在我眼里，总是一个美丽的小女孩，"他停顿了一下，"就算世界上其他人都不这么看。"

在学校，因为长相，我遭到了别的孩子的辱骂，连老师看我的时候都在皱眉头。那时候，我甚至不敢看一眼洗澡间里的镜子，担心自己会吓坏自己。在一个崇尚美丽的时代，一个丑陋的女孩是被遗弃的对象。我的外观给我带来了无尽的痛苦。每次，家人在看电视里的选美节目或是时装秀时，我都会偷偷躲进房间哭泣。

后来有一天，我自己想通了，决定不再沉沦，不再逃避。如果我不能变得更加美丽，我要变得更有学问、更有涵养、更有气质。之后很多年，我一直品学兼优，让自己知书达理，谈吐优雅，举止得体。此外，我还学会了打扮自己——自己设计发型、配戴隐形眼镜，为自己化妆。我像别的女人那样，把自己打扮得漂漂亮亮。现在，我马上就要结婚了，可那个伤疤还是我的一块心病，是横亘在我和新生活之间的一道屏障，我很想把它去掉。

"我当然不是一个模特。"我愤愤地说。那个英俊的外科医生两手搭臂，置于胸前，他左右打量着我，说："那么，你为什么要想着除掉这块伤疤呢？如果没有出于职业的理由让你去掉它，究竟是什么把你带到这里来的呢？"

他的问话让我突然想起了所有和我打过交道的男子——在大学舞会上拒绝我的那8个男生；第一次约会被吓跑的男子；还有那个把订婚戒指套在我手上又取走的男人。我把手举起来，指着我脸上的伤疤，没有说话。伤疤作证，我是丑陋的。这时，我感到天旋地转，眼中充满泪水。

外科医生从旁边拖过一张活动椅子，坐在我身前，他的声音低缓沉着："让我告诉你，我看到了什么。我眼前是一位美丽的女士。她虽然不是一位完美无缺的女士，但确实很美丽。著名女演员劳伦·赫顿的门牙之间有一道裂缝；伊丽莎白·泰勒的前额上也有一块伤疤。"

随后，他停下来，递了一面镜子给我，"我所知道的特别优秀的女人都有不完美的地方。我相信，正是因为那些不完美，才让我们感到她们的美丽更加令人瞩目。正是因为有这些瑕疵，她们才让我们感受到真正的人性美。"

医生推回活动椅子，站了起来。"从技术上来说，我完全可以动这个手术。只要你坚持，我就会帮你动手术。但是，我不愿意这样做。自然状态下的你，看起来非常美丽。一个女人真正的美，来自于她的内在。请相信我。我给很多女性做过整容手术，我知道什么是美丽。"

我转身，看着镜子里的我。是的，他是对的。多年后，那个相貌丑陋的小女孩已经变成了一位美丽的女士。

离开诊所后的日子里，我曾多次在成百上千人面前作演讲。很多男人和女人都称赞我美丽。我知道，我是当之无愧的。当你改变对自己的看法后，别人也会改变对你的看法。那位外科医生没有除去我脸上的伤疤，他除去的是我心灵的伤疤。

● 作文技巧 ▸

不同的叙述方式互相穿插，使故事跌宕起伏　这篇回忆性的文章以"过去"开始，又往前追溯到"过去的过去"，最后回到"现在"，富于变化的叙述方式使故事显得扣人心弦。

● 智慧心语 ▸

> 一个人最重要的是他的内心，而不是外表。有了良好的心态，才能冲破一切阻力和障碍。世界上许多困难的事情都是由那些信心十足的人完成的。如果你有了强大的自信，消除自卑，充满信心地进行努力，你就能克服一切困难，实现自己的目标。

大师的宽容日记

馨智 [中国]

一个人，只要具备善良、正直和宽容，
　便没有什么困难能够压得倒他。
宽容别人，宽容生活，就是宽容自己。

德国人卜劳恩又一次失业了。他满大街地转了一天，依然没有找到工作。

情绪极度低落的卜劳恩去酒吧坐了半天，直到将身上最后一块钱也买酒喝了，才拖着疲惫的身躯回到家里。

可是，家里也不是天堂。他唯一的儿子克里斯蒂安并没给他争气——他的成绩居然比上学期退步了。卜劳恩狠狠地瞪了儿子一眼，再也不想跟他说话，回到自己的房间呼呼大睡去了。

当卜劳恩醒来时，已是第二天早上。他习惯性地拿起笔写日记：5月6日，星期一。真是个倒霉的日子。工作没找到，钱也花光了，更可气的是儿子又考砸了，这样的日子还有什么盼头？

卜劳恩走进儿子的房间，准备叫儿子起床时，发现他已经上学去了。这时，卜劳恩突然发现，儿子的小日记本忘了锁进抽屉了。他忍不住好奇便拿过来翻看起来：5月6日，星期一。早上去上学的时候，我帮助一位盲眼老奶奶过了马路，心情很好。只是这次考试不太理想，但当我晚上把这个消息告诉爸爸时，他却没有责备我，只是深情地盯着我看了一会儿，使我深受鼓舞。我决定努力学习，争取下次考好，不辜负爸爸的期望。

怎么会这样呢？明明是自己恶狠狠地瞪了一眼儿子，怎么变成深情地盯着他了呢？卜劳恩好奇地翻开了儿子以前的日记：5月5日，星期天。山姆大叔的小提琴拉得越来越好了，我想，有机会我一定要去向他请教，让他教我拉小提琴。

卜劳恩又是一惊，赶紧去屋里拿起自己的日记本来看：5月5日，星期天。这个该死的山姆又在拉他的破小提琴，好不容易有个休息日，又被他吵得不得安生。如果他再这样下去，我非报警没收了他的小提琴不可。

拿着两本日记，卜劳恩跌坐在椅子上，半天无语。他不知道自己从什么时候起，竟然变得如此悲观厌世，烦躁不堪，难道自己对生活的承受力还不如一个小孩子吗？

那天之后，卜劳恩变得积极和开朗起来，他日记里的内容也逐渐变了：

5月7日，星期二。今天又找了一天工作，虽然还是没有哪家单位肯聘用我，但我从应聘的过程中学到了不少东西。我想，只要总结经验，明天我一定能找到一份满意的工作。

5月8日，星期三。今天我终于应聘成功了，虽然是一份钳工的工作，但我觉得我一定能成为世界上最出色的钳工……

他就是德国著名的漫画家埃·奥·卜劳恩，1903年3月18日生于德国福格兰特山区翁特盖滕格林村。他曾经在工厂当过钳工，后来又给《横断面》《新莱比锡报》《前进》《诙谐报》画过画，他的著名作品——连环漫画《父与子》深深地打动了千百万读者的心，从而使卜劳恩成为海因里希·霍夫曼和威廉·布施之后的又一艺术巨匠。

后来有人采访卜劳恩时问他，听说是一本日记造就了您今天的成就，这是真的吗？卜劳恩说，是的，确实是因为一本日记，但需要申明的是，那个大师不是我，真正的大师是我的儿子——克里斯蒂安。

作文技巧

通过对比描写，凸显主题 作者独具匠心，将父亲和孩子的"日记"作为切入点，通过对比，描画出同一事件下两种不同的心态，体现文章主旨。

智慧心语

积极地面对生活，你的精彩就来到；快乐地面对生活，你的幸福就存在；宽容地面对生活，新的转机就出现了。哪怕是像卜劳恩这样的漫画大师，也是从失败中爬起来继续前进。面对困难，积极开朗、宽容忍让的生活态度会帮助我们逐渐摆脱困境。

给生活一张漂亮的脸

闫荣霞 [中国]

> 人的一生不可能一帆风顺,所以,我们应该以乐观向上的积极心态去面对困难,这样才能尽快走出阴霾,铸就辉煌。

她们是我的亲人。

第一个女人天生丽质,柳叶眉杏核眼,樱桃小口一点点,往那儿一站,倾倒一片。可惜父母早丧,哥嫂做主把她嫁给一个老实巴交的农民。她自叹命苦,常常蓬头垢面地坐在炕头,骂天骂地,骂猪骂鸡,骂丈夫儿女,然后睡在炕上哼哼——她把自己气得胃痛。所以她的心情基本有两种,不是发怒就是发愁。发怒的时候,她的两只眼睛使劲往大睁;发愁的时候,脸上有两个大疙瘩攒在眉心。

第二个女人和第一个正相反,年轻时绝不能说漂亮。我见过她17岁时的照片,黑黑的皮肤,瘦骨嶙峋,看不出一点美丽。当时家境贫困,父亲卧病,她是长女,早早就挑起生活的重担,饱受辛苦和磨难。后来她也嫁给一个农民,穷得叮当响,连栖身之处也没有。她无奈地借住在娘家,东挪西借盖起几间遮风挡雨的房子。结果没住满三年,弟媳妇前脚娶进来,后脚就把他们踢出门。两口子只能再次筹钱盖房,旧债未还,新债又添,不得不咬着牙打拼。丈夫在外边跑供销,四季不着家。家里十几亩农田舍不得扔下不管,女人就在当民办教师之余,一个人锄草浇地,割麦扬场,给棉花修尖打杈。

就这样,他们终于又盖起一座体面的新房,于是她和儿子开玩笑："小子，以后这房子给你娶媳妇，要不要？"儿子心有余悸："妈，人家会不会再把咱们赶出来？"她眼一瞪："敢！这是咱家的地盘！"没想到人算不如天算，新房子压住了规划线，立时三刻又要拆迁。她哭都没力气了，只说了一个字："拆！"她把宅基退后三米，咬着牙说："再盖！"

拆拆盖盖中，转眼十几年过去了。这样苦，这样难，她从不怨天尤人，整天都是说说笑笑的。她最爱说的一句话是："哭也是一天，笑也是一天，为什么不高高兴兴地过日子呢？"

如今她一家子都搬离农村，进了城。她也老了，反而比年轻时好看：脸上平展，不见皱纹，仅仅眼角处有几条有限的鱼尾纹，还统统像猫胡子一样往上翘，搞得她不笑也像在笑，让人觉得亲近。

这两个女人，第一个是我母亲，第二个是我婆婆。有一天，她们亲密地坐在一起时，我才发现岁月分别给予了她们什么：婆婆是一张笑脸，母亲是一张哭脸。从这两张脸上，我明白了什么叫真正的"相由心生"。所以我想，就算再艰难，为了自己的美丽人生，还是要一边痛着，一边笑着，还给生活一张漂亮的脸。

作文技巧

用对比描写来强化阅读效果　　不同的人生态度造就了两个女性不同的命运，作者将她们对比写来，产生了震撼人心的阅读效果。

智慧心语

俗话说："相由心生。"生活就是这样，你用笑脸对它，它就还给你一张恒久温暖的笑脸；你用哭脸对它，它就会把这副哭脸毫不客气地贴回到你的脸上。所以，在生活中即便遇到了千难万险，也要用乐观向上的人生态度，将困难一一化解。

还有一个苹果

杨昆 [中国]

> 人要想获得成功，就必须有坚定的信念。只有以信念为原则，以勤奋为动力，才能一步步走向成功。

曾经有人讲过这样一个耐人寻味的故事：

一场突然而来的沙漠风暴使一位旅行者迷失了前进的方向。更可怕的是，旅行者装水和干粮的背包也被风暴卷走了。他翻遍身上所有的口袋，只找到了一个青青的苹果。

"啊，我还有一个苹果！"旅行者惊喜地叫道。

他紧握着那个苹果，独自在沙漠中寻找出路。每当干渴、饥饿、疲乏袭来的时候，他都要看一看手中的苹果，抿一抿干裂的嘴唇，心里又会增添不少力量。

一天过去了，两天过去了。到了第三天，旅行者终于走出了荒漠。那个他始终未曾咬过一口的青苹果，已经干巴得不成样子，他却宝贝似的一直紧攥在手里。

看到旅行者活着归来，人们不禁感到惊讶：一个表面上看起来是多么微不足道的青苹果，竟然会有如此不可思议的神奇力量！

这种力量叫信念。即使身处逆境，它也能帮助你扬起前进的风帆；即使遭遇不幸，亦能召唤你鼓起生活的勇气。信念，是蕴藏在心中的一团永不熄灭的火焰。信念，是保证一生追求目标成功的内在驱动力。可以这样说，坚定的信念是永不凋谢的玫瑰。

● 作文技巧 ▶

托物寓意，使文章别具一格 看似普通的青苹果，在紧要关头却支撑旅行者活了下去，成为了"信念"的代名词。这种写作方式使文章生动可感又含蓄蕴藉。

● 智慧心语 ▶

在人生的旅途中，不可能总是一帆风顺、事随人愿。有些人的身躯可能先天不足或后天病残，但他们却能成为生活的强者，创造出常人难以创造的奇迹，这靠的就是信念。朋友，让我们用温馨的笑脸来迎接人生的不幸，用坚定的信念去挑战人生。

令人崇敬的母亲

玛丽·莱坚特 [美国]

> 当不幸袭来时，要以积极乐观的心态面对它，并相信自己可以征服它。这样你才能够获得力量，战胜不幸。

像大多数小孩子一样，我相信我的母亲无所不能。

她是个精力充沛、朝气蓬勃的女性，打网球，缝制我们所有的衣服，还为一个报纸专栏撰稿。我对她的才艺和美貌崇敬无比。她爱请客，会花好几个小时做饭前小吃，摘下花园里的鲜花摆满一屋子，并把家具重新布置一遍，好让朋友们尽情跳舞。然而，最爱跳舞的还是母亲自己。

我会入迷地看着她在舞会前盛装打扮。直到今天，我还记得我们喜爱的那袭配有深黑色精细网织罩衣的黑裙子，那件衣服把她金黄色的头发衬托得格外美丽。然后，她会穿上黑色高跟舞鞋，成为我眼中全世界最美丽的女人。

可是在她31岁时，她的生活变了，我的也变了。

仿佛在突然之间，她因为长了一个良性脊椎瘤而导致瘫痪，平躺着睡在医院的病床上。我当时年仅10岁，年纪还太小，不能领会"良性"一词是怎样的意思，只知道她从此以后便永远不一样了。

母亲以她对其他一切事物的那种积极心态面对她的疾病。"物理治疗"和"残障"等词成了我们一起进入的那个陌生世界的一部分，我逐渐开始照顾一向照顾我的母亲。

她终于可以起来坐轮椅了，于是，把她推入厨房便成为我的例行工作。在那里，她指点我把胡萝卜和马铃薯的皮削掉，以及用鲜蒜、盐和大块牛油揉在要烤的牛肉上的诀窍。

我11岁的时候，母亲告诉我她和爸爸将会有个小宝宝。很久以后，我才知道医生曾劝她接受治疗性流产，但她激烈反对。不久，我们便成了那个小妹妹玛莉·特雷丝的"母亲"。我很快便学会替小宝宝换尿片、洗澡和喂奶。

有一件事我至今仍然记得特别清楚。玛莉·特雷丝两岁时跌了一跤，膝盖的皮蹭破了，她哭了起来，掠过母亲对她伸出的两臂而投入我的怀抱。当我看到母亲脸上隐约浮现出的难过神情时，已经太晚了，但她只是说："她当然应该跑到你那里，你把她照顾得那么好。"

母亲的每一项成就都是我们两人生命中的大事：驾驶有动力辅助转向和动力辅助煞车装置的汽车、重返大学读书，以及得到辅导硕士学位。她尽力学习一切有关残疾人士的知识，后来成立了一个名叫残障社的辅导团体。有天晚上，她带我和妹妹到那里去。我从没见过那么多身体上有各种不同残障的人。回到家里，我想，我们是多么幸运啊。她还介绍我们认识一些大脑麻痹的患者，让我们知道他们大都和我们同样聪明。她又教我们怎样和弱智的人沟通，还告诉我们他们时常都很亲切热情。

由于母亲那么乐观地接受了她的处境，我也很少对此感到悲伤或怨恨。可是有一天，我不能再心平气和了，在我母亲穿高跟舞鞋的形象消失以后很久，我家有个晚会。当时我十几岁，当我看到微笑着的母亲坐在一旁看她的朋友跳舞时，突然醒悟到她的身体缺陷是一件多么残酷的事。我的脑海里再度映现出母亲容光焕发、翩翩起舞的倩影，不知道她自己是否也记得。我靠近她时，看到她虽然面带微笑，却热泪盈眶。我跑回自己的卧室，哭了起来，对上帝大发脾气，对我母亲身受的不平深感愤慨。

长大后的我在州监狱任职，母亲毛遂自荐到监狱去教授写作。我记得只要她一到，囚犯们便围着她，专心地聆听她讲的每一个字，就像我小时候那样。在她不能再去监狱后，她仍与囚犯们通信。

有一天，她交给我一封信，叫我寄给一个姓韦蒙的囚犯。我问她信可不可以看时，她同意了，但她完全没想到这封信会给我带来多大的启示。信是这么写的：

亲爱的韦蒙：

自从接到你的来信后，我便时常想到你。你提起关在监狱里是多么难受，我深为同情。可是你说我不能想象坐牢的滋味，那我觉得非要说你错了不可。

监狱是有许多种的，韦蒙。

我31岁时有天醒来，人完全瘫痪了。想到自己被囚在躯体之内，再也不能在草地上跑或跳舞或抱我的孩子时，我便伤心极了。

有好长一段时间，我躺在那里，问自己过这种生活究竟值不值得。我所重视的所有东西，似乎都已失去了。

可是，后来有一天，我忽然想到我仍有选择的自由。比如，我看见我的孩子时应该笑还是哭？我应该咒骂上帝还是请他加强我的信心？换句话说，我应该怎样运用仍然属于我的自由意志？

我决定尽可能充实地生活，设法超越我身体上的缺陷，扩展自己的思想和精神境界。我可以选择为孩子做个好榜样，也可以在感情上和肉体上枯萎死亡。

自由有很多种，韦蒙。我们失去一种，就要寻找另一种。

你可以看着铁栏，也可以穿过铁栏往外看。你可以成为年轻囚友的做人榜样，也可以和捣乱分子混在一起。

就某种程度上说，韦蒙，我们的命运相同。

看完信后，我已经泪眼模糊。然而，我这时才能把母亲看得更加清楚。我再度感觉到一个女儿对她无所不能的母亲的崇敬。

作文技巧

转换表述方式，点出文章主题　在文章的结尾处，作者别出心裁地插入了母亲的一封信，让母亲通过自我表述的方式道破她对人生、对困境的领悟，点明主题。

智慧心语

这篇文章中的母亲说得真好——"我忽然想到我仍有选择的自由"，其实这样的自由每个人都有，但有时我们却被面前的困境或伤心自怜的情绪给蒙蔽了。试着用积极向上的心态面对困难，会让我们更有力量往前走。

麦琪和她的天才班

琳达·凯夫林 [美国]

> 如果一个人相信自己是天才，他就会成为天才。只有树立信心，向着目标奋勇前行，才能实现人生的理想。

年轻的女老师麦琪不久前刚刚调到了这个学校，校长要她当4年级B班的班主任。他说，这个班的学生很"特别"，但他没有告诉她为什么。

第一天走进教室，麦琪就被吓了一跳：纸团横飞、吵闹声震耳欲聋……整个教室活像混乱的战场。可是，当她看到孩子们的IQ(智商)分数时，顿时恍然大悟：怪不得这个班的学生很特别，原来他们个个都是天才！原来，讲台上的点名册里记录着学生们的IQ分数：140、141、160……而正常人的智商在130左右，相比之下，这个班的学生智商都挺高。

可是，很快麦琪就发现很多学生既不愿听讲，也不交作业。为了激励他们，她开始轮流找孩子们谈话。"只要你好好发挥自己的潜力，凭你的高智商，一定会取得一流的成绩！"她对每个学生都这样说。渐渐地，孩子们开始变得勤奋好学起来。

学期结束时，校长把麦琪请到了办公室。"你究竟是使用了什么方法呢？"他激动地问，"他们的考试成绩竟然比普通班的学生还好！""那当然啦！他们的智商本来就很高，您不是也说他们很特殊吗？"麦琪感到迷惑不解。

校长感觉更奇怪了："说他们特殊是因为他们有的患情绪紊乱症，有的患多动症，需要特殊照顾。""那他们的IQ分数为什么这么高？"

麦琪把点名册递给校长。"哦，你搞错了，这一栏是他们的储物箱号码。"原来，这个学校的点名册，在一般学校标记智商分数的地方，写的是储物箱号码。

麦琪听了，先是一愣，但随即笑道："如果一个人相信自己是天才，他就会成为天才！"

作文技巧

巧设悬念，结尾点题 文章一开始就设下了悬念，直到最后才揭开谜底，给人以出人意料之感，同时也深化了主题。

智慧心语

在漫长的人生道路上，我们无法选择顺境与逆境，但我们可以选择不同的态度。当我们遇到困难时，请不要轻言放弃，而应该以积极的心态去面对，因为困难是不会永远存在的，只要我们相信自己的能力，努力去寻找成功的钥匙，希望就在前方。

毛毛虫怎样过大河

瑞雪 [中国]

遭遇困境，只要积极乐观，只要精神不倒，用坚强的信念作支撑，不断地自我完善，就会摆脱困难，走向成功。

一次相聚，有位朋友出了道脑筋急转弯给大家：对岸鲜花盛开，四季如春，恍如天国，毛毛虫要去对岸生活，可是一条大河阻挡了去路，桥又在很远的地方，那么毛毛虫要怎样才能渡过大河呢？

当时我很纳闷，毛毛虫要怎样过大河？无非是长途跋涉，从桥上爬过去。可是朋友们的答案却是千奇百怪：

一位刚出校门的女孩说：游过去啰！（天，是毛毛虫呀，不是人。）

做编辑的朋友说：搭船过去！

一位从商的朋友说：躲在别人身上过去！（哈，天才毛毛虫！）

而一位律师朋友想了好久肯定地说：从地图上爬过去！

答案还有好多，比如落在树叶上飘过去，花钱让人带过去，等河干后爬过去……

是的，这只是一道脑筋急转弯而已，所以毛毛虫可以用任何方法，只要能到彼岸就行。可是我最喜欢的答案是：变成蝴蝶飞过去。

这是一件多么美妙的事啊！

从一个小小的卵开始，毛毛虫经历多次的蜕皮、长大，然后成蛹，在某个风和日丽、花香弥漫的日子，毛毛虫变成了美丽的蝴蝶，在众人的敬慕里，带着尊严与喜悦翩翩飞过大河，到达鲜花盛开的彼岸。

我想这是真正聪明、真正值得敬佩的毛毛虫吧。不异想天开，不依附别人，不投机取巧，聪明又勤奋，无惧秋雨冬雪、寒风酷热，在四季交替中克服一个个困难，带着自信安然成长并不断自我完善，直到变成美丽的蝴蝶，然后翩翩飞过大河，到达彼岸。

作文技巧

用结尾点明文章中心，升华主题 同一个问题，不同的人有不同的答案。作者在文章的结尾处提出了自己最喜欢的一个答案，并用优美的语言道出了原因，同时也点明了文章的主题，更加耐人寻味。

智慧心语

　　一生中，总会遇到需要我们去翻越的高山，总会遇到需要我们去渡过的大河。面对困境，懦弱者望而却步；聪明人堆起笑脸搭乘上他人的缆车邮轮；只有勇者会用意志做成骨架，用梦想做成羽毛，让自己长出一对有力的翅膀，高高翱翔在天宇中。

上帝给你一双袜子

李丹崖 [中国]

每个人的人生道路都不一样，无论你走什么路，只要自强不息、坚持不懈，最终都能够实现你的愿望。

　　圣诞节前的一个晚上，已经11点多了，忙碌了一天的史密斯夫妇正准备打烊。忽然，史密斯先生在自家的玻璃橱窗前发现了一个孩子。

　　这是一个捡煤屑的穷小子，约莫八九岁光景，衣衫褴褛，冻得通红的脚上穿着一双极不合适、破烂不堪的大鞋子。他看到史密斯先生走近了自己，目光便从那些做工精美的鞋子上移开，盯着这位老板，眼睛里饱含着一种莫名的希冀。

　　史密斯先生俯下身来和蔼地搭讪道："圣诞快乐，我亲爱的孩子，请问我能帮你什么忙吗？"男孩好半天才应道："我在乞求上帝赐给我一双合适的鞋子，先生，您能帮我把这个愿望转告给他吗？我会感谢您的！"

　　史密斯夫人这时也走了过来，她把丈夫拉到一边说："这孩子蛮可怜的,还是答应他的要求吧!"史密斯先生却摇了摇头:"不,他需要的不是一双鞋子。亲爱的,请你拿双最好的棉袜,然后再端来一盆温水,好吗?"史密斯夫人满脸迷惑地走开了。

史密斯先生很快回到孩子身边,告诉他说:"恭喜你,孩子,我已经把你的想法告诉了上帝,马上就会有答案了。"孩子的脸上开始漾起兴奋的笑容。

水端来了,史密斯先生搬了张小凳示意孩子坐下,一边帮他洗脚,一边语重心长地说:"孩子,真对不起,你要一双鞋子的要求,上帝没有答应你。他说,不能给你一双鞋子,而应当给你一双袜子。"男孩脸上的笑忽然僵住了。

史密斯先生急忙补充说:"别急,孩子,你听我把话说明白。我们每个人都会对上帝有所乞求,但是他不可能给予我们现成的好事。就拿我来说吧,我小时候也曾乞求上帝赐予我一家鞋店,可上帝只给了我一套做鞋的工具,但我始终相信拿着这套工具并好好利用它,就能获得一切。二十多年过去了,我做过擦鞋童、修鞋匠、皮鞋设计师……现在,我终于拥有了这条大街上最豪华的鞋店。孩子,你也一样,只要你拿着这双袜子去寻找你梦想的鞋子,义无反顾,永不放弃,那么,肯定有一天,你也会成功的!"

脚洗好了,男孩若有所悟地从史密斯夫妇手中接过"上帝"赐予他的袜子,像是接住了一份使命。很快,他迈出店门,消失在夜的深处。

一晃三十多年过去了,又是一个圣诞节,年逾古稀的史密斯夫妇早晨一开门,就收到了一封陌生的来信,信中写道:

尊敬的先生和夫人:

您还记得三十多年前的圣诞节前夜,那个捡煤屑的小伙子吗?他当时乞求上帝赐予他一双鞋子,但是上帝却送了他一番比黄金还珍贵的话和一双袜子。正是这样一双袜子激活了他生命的自信与不屈！这样的帮助比任何施舍都重要，他已经拿着你们给的袜子找到了对他而言最宝贵的鞋子——他当上了美国的第一位共和党总统。

我就是那个穷小子。

信末的署名是：亚伯拉罕·林肯！

作文技巧

前后照应，升华主题 文章从一个不平常的、发生在圣诞节前夜的故事开始，又以三十多年后的一封信来结束，它们互为因果，前后照应，充分揭示了主题。

智慧心语

> 很多人都想快速发达，但他们却不明白，天下没有不劳而获的事，做一切事都必须老老实实地努力才能有所成就。只要能够放弃投机取巧的心态，自强不息，坚持不懈，永不放弃，总有一天就会实现自己的理想。

世界为你震动吗

哈纳克·麦卡提 [美国]

世上无难事，只怕有心人。失败了并不可怕，只要勇敢地面对挫折，爬起来继续前行就行了。

11岁的安琪拉患了一种神经系统的疾病，这种病使她日渐衰弱，无法走路，连举手投足都受到诸多限制。

医生对她是否能康复并不抱有太大的希望，他们预计她的余生都将在轮椅上度过。他们也表示，一旦得了这种病，就算有人能恢复正常，也可以说是凤毛麟角。但这个小女孩并不畏惧，她躺在医院的病床上，向任何一个愿意倾听的人发誓，有一天她绝对会站起来走路。

后来，她被转诊到一所位于旧金山湾区的复健专科医院，所有适用于她的治疗方法都用过了，治疗师为她不屈的意志所折服，他们教她运用想象力，想象自己看到自己在走路。如果想象不能发挥其他效用，至少能给安琪拉希望，使她在久缠病榻的清醒时间里，能有些积极的、正面的想法。

不论是物理治疗、复健治疗或是运动单元，安琪拉都竭尽全力配合。她躺在床上时总是老老实实地做想象的功课，想象着看见自己能行动了，真的能行动了！

有一天，她再度用尽全力想象自己的双腿又能行动时，奇迹似乎真的发生了！床动了！床开始在房间由里到外地移动！

她兴奋地大叫道："看看我！看啊！看啊！我动了！我可以动了！"

当然，医院里的其他人都尖叫起来，纷纷寻找遮蔽物。那一刻，器材掉落下来，玻璃也碎裂了——这就是著名的旧金山大地震，但请不要告诉安琪拉，因为她相信她真的做到了！而且现在，才不过几年的时间，她又回到学校上课了——用她的双脚站起来，不用拐杖，不用轮椅。

作文技巧

情节的意外处理令文章出彩　患病的安琪拉真的可以动了吗？原来，这只是地震引起的错觉。其实，意外之中又暗含必然，正是有了坚持和勇敢，安琪拉才克服病痛，真的站了起来。

● 智慧心语 ▸

> 　　人生在世，总不会一辈子都一帆风顺，像安琪拉一样遇到困难、挫折，是常有的事。面对困境，我们应该采取哪种态度？是临危不惧，积极应战；还是抱怨运气，逃避现实？其实，只要我们还能看到一丝希望，就应该以积极的态度面对困难和挫折。

我的生命，我的舞

凉月满天 [中国]

　　人人懂得执著，却未必真正做到。
　　执著需要有克服困难和逆境的热情、信心与力量。

　　西班牙舞蹈家阿依达带着西班牙弗拉门戈舞《莎乐美》来中国演出，用身体的律动表达了一种超越了欢乐和痛苦的、直逼生命深处的悲情，她的舞姿给人感觉就好像她把生命化成了一团燃烧的火。

　　看她的舞蹈，谁也想象不到她是一个病人。当年，10岁的小阿依达正劲头十足地活跃在舞台上，剧烈的背痛让她无法活动。经过诊断，她患了脊柱侧弯，而且很严重，已经弯成了S形。S形的脊柱怎么能支撑身体呢？十几个医生都给她下了禁令，要她彻底离开舞台，否则她的脊柱会越来越弯，她会越来越疼，总有一天，她会死。小姑娘不明白死意味着什么，对舞蹈的热爱让她满不在乎地回答："哦，不，我就是要跳舞，哪怕死在舞台上。"

　　从那以后，她就一直戴着折磨人的金属矫正器，跳啊跳，一路舞遍全世界。过海关的时候，她把自己的矫正器从身上摘下来，搁在包里。但是过安检门时，电子警报器照样会响，搞得气氛大为紧张，于是她就把包拉开，让人看这么多年一直支撑她的钢铁骨架。在接受水均益采访的时候，他问她："跳舞的时候怎么办呢？""啊，"她笑着说，"跳舞的时候摘下来，跳完再戴上。"

看着面目已经不再年轻的阿依达，每个人都很明白岁月和疾病的残酷，二者联手，不会让这个女人长久活跃在舞台上的。"那么，"水均益问，"你想过自己还能舞多久吗？离开了跳舞，你怎么办呢？"阿依达露出明快的笑容："我将一直跳到实在跳不动为止。然后，我就退下来当舞蹈教师，仍旧可以活在舞蹈中间。"水均益接着问了一个每个人都想知道的问题："对你而言，舞蹈占什么位置？"她想了一下，很诚实地回答："好多人都问过我这个问题，可是我也说不好。对我来说，舞蹈就是生命，生命就是一场舞蹈，除了死亡，没有什么能阻止我一直跳下去。"

她不肯和命运讲和，她就是要跳，无论前面是鸿沟、海水、天堑、荆棘，她都要一路舞着过去，哪怕一路走一路鲜血淋漓。

作文技巧

多种叙述手法相结合，使故事曲折有致 文章从"现在"落笔，回忆了阿依达患病的经历，这么做避免了平铺直叙，使文章结构富于变化。

智慧心语

有一种精神叫做热爱，有一种热情叫做执著。阿依达，是一个从不向命运低头的人，一个执著地热爱自己事业的人。我们无论用什么样的词汇都无法形容她的精神。她的故事告诉我们，只有对自己的理想执著追求并从中得到最大快乐的人，才是真正的成功者。

我要去埃及

林清玄 [中国]

> 梦想可以给我们希望，让我们做成自己想做的事。
> "保持梦想"就是一直都保持着向前的姿态。

小学六年级的时候，在一次考试中，我考了第一名，老师就送给我一本世界地图册。那天轮到我为家人烧水，我就一边烧水，一边在灶旁看地图。我觉得埃及很好，埃及有金字塔，有埃及艳后，有尼罗河，有法老王，有很多神秘的东西。那时我就想："长大以后如果有机会，我一定要去埃及。"

正当我看得入神的时候，突然有一个人冲出来，用很大的声音对我说："你在干什么？"我抬头一看，原来是爸爸。

我说："我在看地图。"爸爸很生气，说："火都熄了，看什么地图！"我说："我在看埃及的地图。"谁知爸爸跑过来"啪、啪"给我两个耳光，然后说："赶快生火！看什么埃及地图！"接着，他严肃地对我说："我向你保证，你这辈子不可能到那么遥远的地方！"

我当时看着爸爸，呆住了，心想："爸爸怎么给我这么奇怪的保证，这是真的吗？我这一生真的不可能去埃及吗？"从那一刻起，我暗自下定决心，以后我一定要去埃及。

20年后，我第一次出国就计划去埃及旅行。我的朋友都问我为什么要去埃及，我告诉他们："因为我的生命不需要保证。"

有一天，我坐在金字塔前面的台阶上，买了张明信片写信给我爸爸。我写道:"亲爱的爸爸:我现在在埃及的金字塔前面给您写信,记得小时候您打过我两个耳光,保证我不能到这么远的地方来,可是现在我就坐在这里给您写信。"我写的时候感触非常深。

后来我听说爸爸收到明信片时,对我妈妈说:"哦!这是哪一次打的,怎么那么有效?一巴掌就打到埃及去了。"

作文技巧

用小题材反映大主题 以"坚持梦想"为主题的文章有很多,作者却选择了一件家庭琐事,用"以小见大"的方式突显了文章的主旨,读来回味悠长。

智慧心语

> 生活中总是有很多要偷走我们梦想的人,他们打消我们的积极性,夸大事情的难度,让我们觉得自己的梦想高不可攀,从而无力地放弃。重要的是,我们自己不能忘记自己的梦想,反而应该努力地维护它,坚定地走下去,这样才能到达理想的彼岸。

掀起布帘之后

乔叶 [中国]

> 人生会遇到很多障碍,这些障碍就像阻挡我们的布帘子,我们要勇敢地掀开它。

在一次笔会中,我认识了一个叫林间的男孩子。他平易近人,活泼开朗,又不乏自省的深沉与理性的思辨,个性十分鲜明。我很有兴趣地请他谈谈自己性格的形成,他笑着讲起了他的故事——

我出生在一个高干家庭里,家里人对我的期望值挺高,却不在心理上关心我——这是中国家庭教育的一个普遍问题。从小我就比较孤僻,和别的孩子玩不到一起。上高中后,许多同学知道了我的背景,再加上我性格方面的原因,都有点儿疏远我。但是当时我不清楚这是为什么,只是觉得他们都敌视我,故意和我制造距离,心里也就对他们产生了很强的敌意,动不动就以为别人在伤害我,于是也不由分说地去伤害别人。

这种恶性循环愈演愈烈,我几乎苦恼得想自杀,对异性也不敢有什么感情寄托——正巧那时我的脸上又长满了青春痘,我见到女生就远远地躲开,仿佛她们都在嘲笑我——青春期的神经真是又敏感又脆弱!那是我迄今为止所经历的一段最迷茫、最难熬、最痛苦的日子,直到上了大学,我还是这样。

那是个周末之夜,宿舍里的其他人都在聊天,我拉严床前的布帘子,就着昏暗的灯光闷坐在铺位上看书——全寝室就我一个人装上了这种掩饰自己的布帘子。

忽然,宿舍内一阵喧哗,室友们热烈鼓掌,然后传来女生们的莺歌燕语——女生们来这儿联欢了。我捧着书,一动也不敢动,脑子里一片混乱。谁知女生们偏偏注意到了我的布帘子。

"那个挂布帘子的是谁的床?"一个名叫赵贤的女生问。

"林间的。"室友回答。

"林间呢?"

"不知道。"——这是室友的真实回答,他们一般都不知道也不在意我在不在,可想而知我与他们疏远到了何等程度。

"为什么要挂个布帘子啊?"赵贤边说边走过来。我坐在铺位上，几乎要颤抖了。我真怕她看到我以后讽刺我、羞辱我。我真想夺路而逃。

赵贤掀开布帘子的一角，探头看了看。她一愣，朝我做了个鬼脸，奇怪的是她什么都没说，放下帘子又走了。我又惶惑又紧张又有些遗憾，不知道该怎么办。

联欢开始了。他们又唱又跳又闹又笑，荡出了一片欢乐的海洋。而我像一叶小舟，孤零零地在海洋上漂荡。一帘之隔，两个世界。我真羡慕他们，内心也充满了参与的欲望。但是，我就是没有勇气。

忽然，我听见赵贤高声说："下面，我要给大家表演一下本次联欢最精彩的节目——魔术。""变什么？"群情高涨，大家纷纷问她。

"大——变——活——人！"话音落地，帘子掀开，我出现在众目睽睽之下。当时我盘腿而坐的痴呆形状像一个打坐的和尚。一瞬间，大家哄堂大笑。

"林间，真有你的！""你还挺沉得住气！"

大家你一言，我一语，热忱而友好。望着那一张张欢乐的笑脸，我的心也被融化了，自卑和胆怯也逃遁得无影无踪。接着我又表演了一个哑剧小品《书呆子撞树》。第二天，全班人都知道我是个含而不露的"喜剧明星"。

现在想起来，我还是打心眼儿里感谢赵贤。她一掀帘子，使我像新芽一样拱出了土地，脱离了黑暗，见到了阳光。

说到这里，林间的脸上流溢出由衷的感激之情，令人为之动容。我不禁震惊了：一道帘子竟然可以封闭住一个人的幸福和欢乐！而掀开它却是这么艰辛和漫长，居然又是如此轻快和简单。

作文技巧

巧设悬念，使故事曲折动人　赵贤掀开布帘发现了"我"，却什么都没说。故事接下来会怎样呢？悬念的设置会引起读者的阅读兴趣，为后文峰回路转般的情节变化做好铺垫。

智慧心语

人的一生中遇到的许多障碍，可能就像林间的布帘子一样，都是自己设置的。能遇到为你"掀帘子"的人，自然非常幸运，但如果遇不到呢？你能不能自己为自己掀开？蜕变是一个痛苦的过程，如果你能勇敢迈出第一步，就意味着离成熟和成功近了一步。

心中的顽石

佚名

有时，阻碍我们去发现、去创造的，
仅仅只是我们心理上的障碍和思想中的顽石。

从前有一户人家，他们家的菜园里有一块大石头。

这个石头宽大约有40厘米，高有10厘米。到菜园的人，不小心就会踢到这块石头，不是跌倒就是擦伤。

于是儿子问："爸爸，那块讨厌的石头，为什么不把它挖走？"

爸爸这么回答："你说那块石头啊？从你爷爷开始，就一直放到现在了，它的体积那么大，如果要挖不知道要挖到什么时候。与其挖石头，还不如自己走路小心一点，还可以训练你的反应能力。"

过了几年，这块大石头留到下一代，当时的儿子娶了媳妇，当了爸爸。当时的爸爸成了爷爷。

有一天，媳妇气愤地对爷爷说："爸爸，菜园那块大石头，我越看越不顺眼，改天请人搬走好了。"

爷爷回答说："算了吧！那块大石头很重的，可以搬走的话在我小时候就搬走了，哪会让它留到现在啊？"

媳妇心底非常不是滋味，那块大石头不知道让她跌倒多少次了。

有一天早上，媳妇带着锄头和一桶水，将整桶水倒在大石头的四周。十几分钟以后，媳妇用锄头把大石头四周的泥土搅松，准备挖走这块石头。

媳妇早有心理准备，这么大的石头，可能要挖一天吧。但是谁都没想到，她几分钟就把石头挖起来了。

看看大小，这块石头并没有想象的那么大，人们都是被那个巨大的外表蒙骗了。

作文技巧

选择极富寓意的题材来表达主题 一块看似巨大的石头，就好像一个假想的难题。作者选择了这样一个富有寓意的题材来表达文章的主题思想，让人印象深刻。

智慧心语

如果你抱着下坡的想法爬山，便无法到达顶峰。如果你的世界沉闷而无望，那是因为你自己沉闷无望。所以，要想改变你的未来，就必须先改变你自己的心态。有了主动的心态，勇于突破，才会有成功的可能。

有些路你不得不走

申爱军 [中国]

> 人生的酸甜苦辣应当自己尝一尝，
> 无论平坦还是崎岖。只有勇敢地迈出第一步，
> 才能走出属于你的人生。

那年我考上了镇里的初中，我是我们那个数百人的小村里第一个考上初中的人。

学校没有宿舍，同学们都是走读生，所以需要每天一早到校，天黑回家。

要命的是，我们村到学校有15里路，中间要经过好几片坟地，小小年纪的我，对鬼魂又信又怕，一个人白天都不敢走，更甭说起早贪黑了。

去学校报到的那天，凌晨4点我就被喊醒了。洗漱，吃饭，收拾文具后，天仍是漆黑一团。我磨蹭着不敢出门，用求救的目光看着父亲。

母亲也说："不行，你送送孩子吧，别吓着他。"但父亲的话中没有丝毫通融的余地："男孩子家有什么害怕的，快走吧，要不就迟到了。"

没想到一贯疼爱我的父亲现在变得这么不近人情，我忍着眼泪，一跺脚，走了出去。

渺无人烟的小道上，只有夜风不时地吹拂着我的脸。我紧张极

了，紧紧盯住手电筒发出的光，不敢向四处看，怕魑魅魍魉会突然近前。

走过那几处坟地时，我更是大气不敢出，拖着微颤的双腿疾步而过。一路上我额头的虚汗都没有干过，心中对父亲充满了愤恨，决心今后再不求他了。

终于到了镇上，天也微微透出了亮光。我长出了口气，想回头再看看身后被我征服的路，却发现父亲站在身后的不远处，正准备转身往回走。

见我扭头，父亲很和蔼地笑笑，说："瞧，一个人不是也走过来了吗？记住，有些路你不得不走！"

打那以后，父亲再没有接送过我。初中三年每天往返三十多里路，都被我硬生生地走过来。

后来，每当遇到不得不做，而又发怵的事情，我就会想起父亲的那句话——"有些路你不得不走"。

作文技巧

结尾点题，提升文章立意　文章描写了一个简简单单的故事，但作者却在结尾处以父亲的一句话点出主题，将文章立意提升到一个新高度。

智慧心语

你不能决定生命的长度，但你可以控制它的宽度；你不能预知明天，但却可以把握今天。人活着的意义就是要坦然地面对，勇敢地尝试。有些事没人能代替你，犹豫退缩只能徒增痛苦。毅然绝然地面对它，勇敢地迈出去，反而会使道路豁然开朗，走出一番新天地。

自己的明星

雪小禅 [中国]

也许你只是一个平凡的人，但只要能在生命的舞台上努力扮演好属于自己的角色，你就是自己的明星！

前些天我去开笔会，大家相互恭维着，说久仰久仰，说你的名字早就如雷贯耳。

的确是，小圈子里，谁不认识谁呢，主持人介绍到我——中国著名作家，我很受用，虽然说有点夸张，但是谁不爱听奉承话呢？何况在当地，的确是有很多人认识我，我开的多是这种笔会，一到了，大家都说，作家来了。

我以为，很多人是认识我的。

但我有一次去一位老先生家，他正在给人编一本诗词，在我们这个城市极其有名，我觉得所有的人都认识他，就像自我感觉自己也被所有的人认识一样。

但是他不认识我。

他说，不要觉得许多人应该认识你，那些和你无关的职业人不会知道你是谁，比如那些出租车司机，比如那些摆摊卖水果的人，他们怎么可能知道你是作家？他们只认识自己那个圈子的人，那个圈子的明星。

是啊，那些走街串巷的人怎么可能认识我？即使巴金又如何？那是与他们的生活毫无关联的一个人啊。

而给我印象更深的一件事是，《同一首歌》要来我们这座城市，我费了很大力气搞了几张票，据说有很多明星，宋祖英、那英和王菲、齐秦等都要来。

说好了我要带着奶奶一起去的，我要让奶奶感受时尚！但奶奶说，宋祖英是谁啊？王菲是谁啊？我不认识他们，我要在家听京戏，你知道，梅兰芳比他们可强多了。

在我看来的天王巨星在奶奶那里却没有任何意义。就如同我的小舅喜欢看赵本山的小品，他只承认中国有一个明星是赵本山。我的弟弟喜欢迈克尔·乔丹，他总用不屑的口气跟我说，中国那些明星也叫明星？

每个人都有自己的明星，而我的父亲说，每个人也是自己的明星。

因为总会有几个人那么喜欢你，你的父亲，你的朋友，他们喜欢你甚至崇拜你，把你当做手心里的宝贝，关心你，牵挂你，你的一举一动比所有人都让他们动心动情。

不是吗？

当姐姐家的女儿在屋里跳舞时，所有人什么都不去看了，哪管电视上正在演着什么明星的戏，大家关注的只是这个5岁的小孩子，她唱着跳着，感觉自己被目光包围；爷爷奶奶的夸奖，叔叔姑姑的表扬，让她看起来更神气。

当乡下二姨在全村人面前唱评剧时，她说自己感觉比皇后还神气呢。他们村里的人都只认她，如果说谁比她唱得好，那村子里的人准跟你急。他们会说：你们懂艺术吗？懂吗？他们用的是艺术这个词。

我觉得我二姨其实唱得很一般，但她在那个村子里的地位简直是无人能替代，估计毛阿敏去了也会感觉郁闷。

　　这还不算离奇的，有一次我去徽州旅行，在那个偏僻的小村子里，有人竟然不知道布什和萨达姆是谁！他们听着黄梅戏，坐着藤椅懒懒地晒太阳，好像这个世界与他们无关，凭什么要知道布什和萨达姆！

　　如果你非认为自己必须让所有人都知道，那就是自找没趣。朱时茂开车闯了红灯，警察让他停下，他说的话是："我是朱时茂，你不认识我吗？"警察给他的回答是："我是警察，只负责自己的工作。"

　　所以，我知道自己不过是一个在小小的领域里有了一点点成绩的人。大多数的人不认识我，即使圈子里的人，也有很多人不认识我，这很正常。但我知道自己是妈妈的宝贝，是父母的骄傲，是爱人疼爱的人，是朋友喜欢的人，这就够了。

▎作文技巧▸

善于捕捉生活中的小事，是写作成功的关键　　开笔会、看明星、听评剧……这些都是生活中再普通不过的事情，作者却将它们一一捕捉，写成了一篇美文，领悟到了大道理。

▎智慧心语▸

　　在这个大大的世界里，自己就像一粒小小的尘埃，有时会伤心，偶尔会失落，难免会抱怨。但是每个人都是自己的明星，因为总会有几个人那么喜欢你，你的一举一动总是会让他们动心动情。其实这已经足够，因为，只要你能在生命的舞台上努力扮演好属于自己的角色，你就是自己的明星！

Chapter 105～138
和美德一路同行

　　品格是道德所滋养的花朵，它有时甚至比才华更加重要。因为，仁慈、纯洁、诚实是人生之树的土壤，决定着这棵树的高大与粗壮。知识、谈吐和礼仪都可以后天获得，但要想收获诚实、仁爱、善良这些高贵品德，必须要在自己的生活中慢慢感悟。

成全善良

李文勇 [中国]

善良是一种美德，成全也是。
人生贵在成全他人，
成全他人的同时也成就了自我。

那是三月里的一天，我去医院看望一个生病的朋友。

因为是双休日，等公交车的人很多，每一辆公交车里都挤得满满的。我买了一份报纸，一边看报一边等车。我旁边站着一个老人和一个姑娘，听他们说话的意思，是女儿陪父亲去医院看病，正好跟我同路。

很快，车来了。人群拥向车门。我看到那个女儿为了不让别人碰撞到父亲，一手在前面挡着人群，一手搀着父亲的胳膊。虽然她很努力，但效果似乎并不明显。

好不容易上了车，车上早就"人满为患"。一个姑娘突然站了起来，微笑着对那位老人说："大爷，您坐吧！"老人说："谢谢了，姑娘，我站站没关系，你坐吧！"更奇怪的是，他的女儿竟然也谢绝了姑娘的一番好意，说他父亲身体硬朗着，而且只是几站路，站站就到了。

姑娘似乎没想到会这样，脸上有些尴尬，再次说："您坐吧，大爷！"那个女儿似乎还想说什么，只见老人拉了拉她的手，说："好好，那就太谢谢你了！"说完，慢慢走到座位前微笑着坐下。让座的姑娘流露出快乐的笑意。但是，那个女儿似乎并不高兴。这下，我更疑惑了。

公交车突然刹车，老人紧蹙着眉头，好像在强忍着身体某处的不适。我不禁替他庆幸，亏他没有再客套，如果一直站着，也不知要遭多少罪。医院很快就到了。老人下车前，向那位让座的姑娘再次表示了谢意。下车后，我听到了这对父女的对话：

"爸，伤口痛了吧？"

"一点点吧！"

"你也真是的，明明知道自己臀部有伤口，不能坐，你还要坐。"

"你啊，人家小姑娘那可是一片好意！我硬是拒绝她，也许以后再遇到这样的事，她就会有顾虑了……"

我终于明白了，老人和他女儿的拒绝，原来并非客套，而是另有隐情。我不禁又想起老人紧皱眉头的表情。在那颠簸的车上，老人硬是强忍着原本可以避免的痛楚，成全了那个姑娘的善良。

成全别人的善良，何尝又不是另一种善良。

作文技巧

悬念式构思令文章耐人寻味　设置悬念可以增加文章的曲折性。本文以"让座"为题设置悬念，先引起读者兴趣，伴随悬疑的解开，营造出了一种豁然开朗的感觉。

智慧心语

生活中每天都会上演许许多多让人感怀的故事，我们不要总是从自己的感受出发，一味拒绝他人的好意。学会成全吧，坦然地、真诚地接受别人的善意、好意、美意，世界就将因你的接受变得更美。成全他人的心愿，才能让自己真正享受到人生的乐趣。

诚信试验

林闽 [中国]

诚信是做人的根本,
倘若你随随便便就将它丢弃,
便会留下终身遗憾。

一位研究经济学的朋友,打电话给我说,他要找10个人,在10个地方做诚信试验,问我能不能帮忙。我说可以,但不知道怎么做试验。朋友说很简单,就是在不同的商店买10次东西,每次买东西都付两次钱,看有多少人拒绝第二次付款,然后把结果告诉他就行了。

于是,我先走进一家服装店,给孩子买了一件20元的衬衣。付过钱出来后,一会儿我又走进去说:"对不起,刚才我买衣服忘了给钱。"店主是一位中年妇女,慈眉善目的,看样子是一位好人。我等她说:"你已经付过钱了。"可是她只是看着我,不说话。我把手里的衬衣举到店主面前说:"你看,我买的就是这件衬衣。你开价30元,我说15元行不行,你说再加点吧,20元卖给你。我说20就20……"我故意仔细描述买衣服的情景,给店主足够的时间和机会。可她却不耐烦地打断我的话说:"行,快交钱吧。"我只好乖乖地又一次把20元钱给了她,再去别的商店做试验。

我一连试了9个店主,竟然没有一个人拒绝第二次付款。态度最好的那个,也只是淡淡地说:"你真是个好人。"那神情不知道是赞扬还是嘲笑。

只剩最后一次了，我想找个熟人试试。大街对面就有一个卖饮料的小店，是我高中时的一位同学开的。我穿过大街，走进老同学的饮料店，此时老同学和她的儿子正坐在店里，我买了一瓶矿泉水就出来了。几分钟后，我再进去说："哎呀，老同学，我刚才买矿泉水忘了给钱。"老同学说："算我送给你喝的吧。"我要把试验进行到底，就说："那怎么行？"掏出两块钱递过去。老同学竟然伸手来接，我真不想松手，因为一松手，她在我心里的形象就矮小了。

　　就在那张纸币一半在我手里，一半在老同学手里时，她的儿子突然大声说："妈妈，阿姨不是给过钱了吗？"老同学的另一只手上，确实握着我刚刚给的两块钱。

　　老同学非常尴尬，不得不松开手。我也很后悔用熟人来做试验，只得尴尬地出了饮料店。我刚走到街上，就听到那个讲实话的小男孩在商店里放声大哭，一定是老同学打他了。

作文技巧

用小题材讲大道理，加强阅读效果　　作者以小写大，用一个看似波澜不惊的小故事展现了人们的诚信度，但它带给读者的震撼远远比单纯的说教和慷慨激昂的口号更强烈。

智慧心语

　　诚信是面明亮的镜子，不诚实的人在它面前，都会露出真相。不管是关于诚信的格言还是生活经验都无一例外地告诫我们，不讲诚信的人可以欺人一时，但不能欺人一世，一旦被识破，他就难以立足。所以，在人生的道路上，请与诚信同行。

第一美德

罗杰·基斯 [美国]

良言一句三冬暖，恶语伤人六月寒。
眼见不一定为"实"，所以，请控制自己的嘴。

那天我去商店购物，人不多，队伍却始终停滞不前。我向前望去，看到一个衣着整洁的年轻女孩站在柜台前刷卡，她刷了很多次，可每次刷卡机都无情地拒绝了她。

"那看上去像是一种福利卡，"我身后的男人咕哝道，"年轻人四肢健全却依靠福利养活，为什么不能像其他人一样找份工作呢？"

年轻女孩循声转过头。

"对，是我说的。"我身后的男人用手指着自己。

那个年轻女孩涨红了脸，眼泪几乎流了下来，她立刻扔下福利卡，低头跑出商店，在人们的注视下很快消失了。

这一幕使我联想到自己，自从10年前我得了癌症，就一直在使用政府救济的粮票买食品，陷入困境的人有什么办法呢？这也使我学会，当你不了解一个人的真实生活的时候，就不要批判什么。

几分钟后，有一个小伙子走进商店，他向收银员打听那位女孩，收银员说她已经弃物而走。

"我是她的朋友，究竟发生了什么事？"小伙子焦急地询问大家。

人们好奇地聚拢过来。

"我说了一句愚蠢的话，因为我看到她使用福利卡，这种事我本不应该说出来的，很抱歉！"我身后的男人说。

"噢，真糟糕。事情是这样的，她的哥哥两年前在阿富汗遇害，留下三个孩子，不得不由她来抚养。她今年才20岁，单身一人，却要养活三个孩子。"他用坚定的声音告诉每一个人。

"没想到，今天发生了这种事。"小伙子不安地晃动着他的双手。"这是她想买的吗？"他指着女孩的购物车问收银员。

"是的，先生，可惜她的卡无法使用。"收银员说。

店中一片沉寂。

"你肯定知道她住在哪里吧？"我身后的男人问小伙子，同时挤到队伍的前面，掏出自己的钱夹，把信用卡交给收银员，"请用我的卡结账吧，一定！"

收银员接过他的卡，开始为年轻女孩选购的商品结账目。

"稍等。"这个男子又转身拉过自己的购物车，把自己的一部分食品放进了女孩的购物袋里，"是的，"他对大家说，"我们现在要多养三个孩子了。"

一位女士走过来，把自己的一只火鸡放进了女孩的购物袋里，然后三个、四个，更多的人纷纷从自己的食品中挑出几样，悄悄放进了女孩的购物袋里。

"先生，您是个好人！"小伙子感激地说。

即使你的双眼看到了"真实"，但也许生活的真相并非如此。正如古希腊哲学家所说：控制自己的嘴是人类必须学会的第一美德。

作文技巧

以第一人称叙事，强化了文章的真实感　　作者以"我"看到的事情及"我"的心理感受，来表达自己的观点，这一叙事方式的采用，使故事读起来真实自然。

智慧心语

关于"美德",我们首先想到的是勤、俭、孝、让诸如此类的字眼,而作者心中的第一美德却是"控制自己的嘴"。错话可以纠正,但它对他人内心的伤害也许要很长时间才能消除。因此,在你了解到真相之前,请不要随意发言。

21份报纸

兆子 [中国]

不要轻易做出承诺,一旦做出了承诺,
就要把它付之于自己的实际行动。

在我的书柜里,一直珍藏着21份报纸。应当说,我一向没有收藏报纸的爱好,包括那些报刊的创刊号。而我之所以将这21份报纸收藏起来,是因为它里面包含着一位下岗女工独立的人格和对我内心时时的警醒。

一年前,在我们家的那条街道上,出现了一个报摊,卖报的是一位三十多岁的女人,骑着自行车,车前用铁丝扎了一个宽宽的报纸夹,每天下午两三点的光景,就见她坐在支起的自行车后面,时断时续地喊着:"晚报——时报——电视报……"

过去没有这个报摊的时候,我下班要绕一大圈到另外一条街上去买报纸,不是很方便。有了这个报摊,临进家门时,随手便可买上几份报纸，这令我有些欢喜。卖报的女人脸色有些苍白，显出一种病态，人是寡言的，收钱、找钱、递报，脸上看不见许多卖报者那种热情的笑。

那是一个周六吧，雨天，我从家中打伞来到街角买报，那卖报的女人正躲在一个商店的屋檐下，报纸被飞散的雨丝吹湿了许多，眼中有些凄凉的味道。我心里便想，一个女人家，挣几个小钱也真是不容易，就把伞递给她说："你先遮遮雨，明天我过来时拿吧。"她明显地感到有些惊异，但还是接了过去，说："我明天还你。"她没有说谢，可我从她的眼中分明感受到了那未出口的谢意。

时间久了，我渐渐了解了一些她的情况。她姓张，原来在一家纺织厂做挡车工，三个月前从厂子里下了岗，家里的负担颇重，卖报聊以补贴家用。

有时，我会看到一个小女孩在报摊前帮她递报纸，我问："是你的女儿吧？"她点头，小女孩很乖巧的样子，向我说："叔叔好。"

由于每次买报时找零钱很是麻烦，一次，我对她讲："是否可以先给你一个月的钱，每次我直接拿报纸便可以了？"她说没有问题。

这样一直过了四五天，再有一天我下班经过时，却意外地发现报摊不见了，正在猜想时，那见过几次面的小女孩气喘吁吁地跑过来，手里拿着报纸，我问她："你妈妈怎么没有出摊呢？"女孩有些结结巴巴地说："我妈妈，我妈妈她到另外的街上去卖报纸了，她说那里卖得多。"

女孩歇了歇，口气变得平静许多，说："叔叔，妈妈说你交了一个月的钱，让我每天顺便把报纸捎给你。"我的心有些感动地抖了一下，说："不用吧。"女孩连忙说："不行的，是我妈妈要我这样做的。"

当时，我在想，或许那女人是不想失去我这一单生意吧，可也用不着让自己的女儿每天跑到这里等着我呀。我对女孩说："那我告诉你我的家,每天你只要塞到我门里面就可以了,用不着等我,行吗?"

小女孩闪着湿润的眼睛,冲我点点头。

在之后的20天时间里,每天6点多钟我回到家中,总会看到躺在门里的报纸,雨天也不例外。第21天是个周末,我坐在沙发上看书,又听到门口的动静,知道是那个小女孩来了。这一次我走到门前,开了门,看到的是一张憔悴的小脸,小女孩的右臂上戴着一截黑纱。我心里一惊,急忙问:"怎么了,你的家里……"

小女孩的眼里瞬时盈满泪花,终于忍不住,线般地垂落下来。

事情的原委,令我内心愧疚万分。小女孩的妈妈其实并未到另外一条街道上去卖报纸,21天前,她病倒了。什么病?小女孩也说不清楚,但她一直想着那一句口头的承诺——收钱送报。于是她在病榻上对自己的女儿说,答应了别人的事情,就一定要做到,让女儿每天到街上买那几份报纸,然后送给我。

小女孩哭着说:"五天前,妈妈不要我了,妈妈不要我了。"

作文技巧

出人意料的结尾凸显主题 小女孩气喘吁吁地跑过来送报纸,只是为了实现妈妈对"我"的承诺。用这样一个出人意料的情节来结尾,使文章的主题更加深刻。

智慧心语

"一诺千金"是人类最美好的品德之一,就如同文中的这位普通妇女,在病魔缠身之际,依然坚守自己的承诺,让女儿替自己继续给交了钱的客户送报。这样一种高尚的行为告诉我们,只有当我们以"言出必行"的标准要求自己时,才会赢得他人的信任与尊重。

二姐

雪小禅 [中国]

感恩不仅是最好的美德,还是其他美德的根源。
细心体味我们的生活,你会发现,
永远都有值得感激的事情。

二姐在我们家的地位很特殊。她是我们家的人,却只在家里生活过6年。6年之后,她被大伯领走,做了人家的女儿。

大伯不能生育,于是和父亲说想要他的一个孩子,父亲和母亲商量了一下就同意了。当时,他们首先考虑的是我,因为那时我4岁,小一些更容易收养。但我哭我闹,我说不要别人做我的爹妈。父母于是问二姐要不要去,二姐同意了。那时她只有6岁。

这一去,我们的命运就是天壤之别。我家在北京,而大伯家在河北的一个小城。大伯当时是个化肥厂的工人,伯母是纺织厂的女工,家庭条件可想而知。

二姐从此离了家,她做了大伯的女儿,管大伯、伯母叫爸爸妈妈,管自己的亲生父母叫二叔二婶。二姐走后的好长一段时间,母亲总是躲在某个角落里偷偷流泪。是啊,二姐也是母亲身上掉下来的肉,她一个小孩子远离亲生父母到一个陌生地方去受苦,想起来怎么能不让人心疼呢?实在想得不行,她就会去小城看看二姐,二姐过年过节偶尔也会回来看我们。然而,十几年之后,因为工作忙再加上心灵上的那种疏远,二姐和我们仿佛隔了山和海了。

二姐再来我们家时，已经长成大姑娘了。可她头发发黄，人既瘦又黑，好像与我们不是一母所生。她的衣服花花绿绿的，因为新，就更显出她神态的局促，而我们那时已经穿很时尚的牛仔裤了。母亲看到这一切，无限伤感。可是二姐始终说伯父伯母是天下最好的父母亲。

二姐19岁参加工作，在大伯那家化肥厂上班。22岁就结了婚。她每天三班倒，工作辛苦工资却不高。后来，经人介绍，她嫁给了单位的司机。当我看到她穿得花团锦簇，带着一个脏兮兮的男人坐在客厅时，我打了一声招呼就回了自己的房间。

那时我已经在联系出国的事宜，可我的二姐却嫁为人妇了。说实话，因为经历不同、所处环境不同，二姐说话办事、风度气质、言谈举止与我们有天壤之别，我从心底里看不起二姐，认为她是乡下人。大哥去了澳大利亚，小弟在北京师范大学上大一，只有她在一家化肥厂上班，还嫁了一个看起来那么恶俗的司机。我和小弟对她的态度更加恶劣，好像二姐的到来是我们的耻辱，因此，我们动不动就给她脸色看，二姐却显得非常宽容，根本不与我们计较。

二姐不会吃西餐，二姐不知道微波炉是做什么用的，二姐不爱吃香辣蟹，让她点菜，她只会点一个鱼香肉丝，而且一直说，好吃好吃，北京的鱼香肉丝比家里做的要好吃。

这就是我的二姐，一个已经让我们感觉羞愧的乡下女人。

几年之后，二姐下了岗，孩子才5岁。大伯去世，她和伯母一起生活，二姐夫开始赌钱，两口子经常吵架，这些都是伯母打电话来说的。而她告诉我们的是：放心吧，我在这里过得好着呢，上班一个月六百多，有根对我也好。有根是我的二姐夫。

后来，大哥在澳大利亚结了婚，我办了去美国的手续，小弟也说要去新加坡留学，留在父母身边的人居然就是二姐了。不久，大哥在澳大利亚有了孩子，想请个人过去给他带孩子，那时父母的身体都不太好，于是大哥打电话给二姐，请她帮忙。二姐二话没说就去了澳大利亚，这一去就是两年。后来大哥说，在他最困难的时候，是二妹帮了他啊！但我一直觉得大家还是看不起二姐。

在我去了美国、小弟去了新加坡之后，伯母也去世了，于是她来到父母身边照顾父母。有一次我给小弟打电话，小弟说："她为什么要回北京？你想想，咱爸咱妈一辈子得攒多少钱啊？她肯定有想法！"说实话，我也是这么想的。就这样，我们往家里打电话的次数越来越少，直到有一天母亲打电话来说，父亲不行了。

我们赶到家的时候才发现父亲一年前就中风了，但二姐不让母亲告诉我们，说怕影响我们的事业。所以这一年，是二姐衣不解带地伺候父亲。母亲泣不成声地说："苦了你二姐啊，如果不是她，你爸爸怎能活到今天……"

我看了一眼二姐，她又瘦了，头上居然还有了白发。但我转念一想，说不定她是为财产而来的呢！所以当母亲还要夸二姐时，我心浮气躁地说："行了行了，这年头人心隔肚皮，谁知道谁怎么回事？也许是为了什么目的呢！"

"啪！"母亲给了我一个耳光，接着说："我早就看透了你们，你们都太自私了，只想着自己，而把别人都想得像你们一样自私。你想想吧，你二姐吃了多少苦受了多少罪！她这都是替你的！想当初，是要把你送给你大伯的啊！"

我沉默了。是啊，一念之差，我和二姐的命运好像天上地下。二姐因为太老实，常常会被喝醉了酒的二姐夫殴打，两年前他们离了婚，二姐一个人既要带孩子还要照顾父母，而我们还这样想她，也许是我们接触外面的污染太多，变得太世俗了，连自己的亲二姐对母亲无私的爱也要与卑俗联系在一起吧。

晚上，母亲告诉我，她本来想把她和父亲的财产给二姐一半作为补偿，谁知二姐居然拒绝了！她说她已经得到了最好的财产，那就是大伯伯母的爱和父母的爱，她得到了双份的爱，还有比这更珍贵的财产吗？我听了大吃一惊，简直不敢相信自己的耳朵，可母亲话未说完已泪流满面泣不成声，我不由得不信，渐渐地，我的眼圈也湿了，背过身去在心里默默叫着：二姐，二姐！我误解你了，你受苦了啊！

父亲去世后二姐回到了北京，和母亲生活在一起。母亲说："没想到我生了4个孩子，最不疼爱的那个最后回到了我的身边。"

过年的时候我们全回了北京。大哥给二姐买了一件红色的羽绒服，我给二姐买了一条羊绒的红围巾，小弟给二姐买了一条红裤子。因为我们兄妹三个居然都记得：今年是二姐的本命年。

二姐收到礼物时哭了。她说："我太幸福了，怎么天下所有的爱全让我一个人占了啊！"我们听得热泪盈眶，可那是对二姐愧疚的泪啊。

作文技巧

递进式的情节发展令人物形象更加鲜明 从二姐离家、结婚、下岗，到她为养父母养老送终，再到她回家照顾亲生父母并拒绝接受遗产，这种递进式的情节发展，将二姐的美好品德展露得淋漓尽致。

智慧心语

没有什么比一颗感恩的心更值得尊敬。二姐之所以能用无私的爱来回报周围的人，就是因为她具有"感恩"这样一种美好品德。正是因为她对生活、对命运充满了感恩，才使得她不计较得失、不计较过往，用自己的宽容和爱找回了遗失的亲情。

狂女阿罗

徐慧芬 [中国]

勇敢，正直，善良，坚守自己的理想，
忠于自己的情感，
这些都是至高无上的美德。

　　阿罗在故乡人的脑子里可以归入"狂人"一类。她是我们村贫农长庚的女儿，相貌丑，脾气还坏，为人处世总与人拗着。你要她朝东，她偏朝西——大约是想强调自己的"与众不同"，或是为了挣回自以为是的"面子"。村里人背后都叫她"泼货"。

　　大家都说阿罗的"泼"是长庚宠出来的。她5岁时死了娘，长庚一把屎一把尿地把这个独生女养大，放任她，娇宠她，最后女儿竟成了祖宗，家中事稍有不称心，阿罗就要耍泼。"泼"唯一的好处是，乡人不大敢欺负长庚这个老实人；坏处则是，长庚丧妻后，想讨点好处的媒人见家里供着这么个横眉怒目的女金刚，胆子和嘴巴都小了。久而久之，长庚也断了续弦的念头。

　　阿罗一天天长大，人虽长得五短身材，可手脚像男人，力气也出奇地大。她读书读得不好，小学四年级时，有一次老师布置作文，题目叫《我要当……》，她写了《我要当英雄》。老师笑着说她："成绩这么差，天天和别人打来打去，还想当英雄？"于是全班同学哄堂大笑，她气得掀翻了桌椅，跑出了学校，第二天便扛着一把锄头跟父亲下地赚工分了。长庚是无法说服这个女儿再读书的，众人对她自愿当"童工"也无可奈何。

看到父亲的腰一天天弯了下去,阿罗某一天动了恻隐之心对父亲说,你要讨老婆你就再讨一个吧。父亲神色黯然地摇了摇头。女儿见父亲不领她的情便动了怒,大声说,我叫你去寻,你就去寻!长庚只好说,我一大把年纪了,到哪里去寻呢?阿罗反驳说,啥人说的?我倒不相信!结果这个"泼货"女儿真的托了媒人为父寻妻。

后来长庚终于寻到了后妻。女人是从外地逃荒来的,还带着个小女孩。媒人瞒住了阿罗的"泼",只说还有个能干重活苦活的女儿。后娘是个慈眉善目的女人,进门后事事谨慎,处处小心,与阿罗还算相安无事。阿罗只是不肯叫娘,叫她"哎",有事"唔"一声了事。

新妈小心翼翼,善待这个女儿:煮两个鸡蛋,也要挑一下,大的给阿罗,小的给自己带过来的女儿。可是有一次阿罗还是"犯毛"了。那是一个冬日,阿罗收工回来,看到妹妹脚上的一双新棉鞋,想到自己大冷天还是单鞋一双,到底是后娘偏心,不由怒从心头起。晚饭时,饭桌上她就发作了,话十分难听:"哼!六月里的日头,晚娘的拳头,一点不错。同样的天气,我穿的啥?"后娘一听这话就哭了。还是妹妹从房里取出了一双新棉鞋,递给姐姐,说妈妈原是做了两双,今天我先穿了试试的。阿罗一听,愣了一会儿,便伸出巴掌朝自己脸上扇了两下,对后娘说了声大人不生小人气,总算承认了自己是小人。第二天,她竟动用私房钱买来一双新雨鞋要送给后娘。后娘说,我的雨鞋还好好的,花这钱干什么。阿罗也不解释,只说新的好,旧的她扔了。原来前一天她在饭桌上耍泼前,就已经用剪刀把后娘的两只雨鞋底上各挖了两个洞。

后来阿罗竟交了好运当了工人。那时我们村上少数拿工资的工人一直被农民羡慕着,谁家出了个工人阶级,是很庆幸的。阿罗的运道还是出在她不安分的性格上，譬如，她的父亲断言她是种田的命，她就要把命翻一翻；譬如，别人嘲笑她是冬瓜身材长相粗，她定要有所能耐，混出个人样给你们看看。

尽管当工人是个比种田还累还脏的活，阿罗却不觉其苦，一天到晚穿着油腻腻的工作服，满怀豪情，住在厂里。礼拜天回家来一次，总是一手拎两瓶老酒，另一手揣几包猪头肉花生米之类的下酒菜来孝敬她老父，常常父女对饮。

谁知过了两年，这么个结实的人却死了。

那一年冬天特别冷，下了几场雪后，池塘里结了冰，成了天然的溜冰场，孩子们哪里肯放过，一群一群的，天天在那里玩得不亦乐乎。这一天，有个孩子哭着跑回来找大人，他的弟弟掉到冰窟窿里去了。阿罗正巧在半道上碰到这孩子，就奔到池塘边，那里已围着不少看热闹的，也有几个大人在旁边指手画脚。阿罗一看火了，冲着这些人骂了几声狗娘养的，就脱了棉袄，跳进冰窟窿。池塘里的水很深，她花了好一会儿工夫，才把灌了一肚子水已经奄奄一息的孩子捞上来，孩子被及时送到医院得救了。

阿罗却在当晚发了高烧，又不肯进医院，结果死于急性肺炎。临死前，阿罗叫了她后娘一声娘，说她亏待娘了。送葬那天，差不多全村老少都出动了，被救的孩子披麻戴孝捧着阿罗的牌位，一路哭去。

此后再提到阿罗，村里的人便肃然起敬。老辈人叫惯她"泼货"的，也总要竖起拇指叹几声：难得！难得！这几年听了好些新闻：有救人的，也有要价救人的，还有见死不救当看客的，甚至逃之夭夭心安理得的。我脑子里这个陈年的阿罗便活了起来，清晰起来。我想，阿罗终究是实现了她的"英雄"梦的。大千世界里，芸芸众生中，怀着各式理想的，最终实现的，又有几人呢？

✦作文技巧▸

描写层层深化，使人物形象鲜活动人　"狂女"阿罗这一人物形象随着故事情节的展开，不断得以丰满、深化，这样的写作方法使文章气势波澜壮阔，人物形象栩栩如生。

✦智慧心语▸

阿罗不会用优美的语言来表达感情，也不屈服于自己的命运，但却用所作所为体现了自己的正直、勇敢，以及她对理想、对感情的忠诚。心灵深处的理想和感情是最真实的，要想实现它们，表达它们，就需要具备"狂女"阿罗的勇敢、正直、善良和忠诚。

失礼，没有理由

鲁贝尔·谢利 [美国]

一个人在规范自己的言行并懂得尊重他人之后，
才会得到人们的尊重并获得成就。

查尔斯是一位非常成功的商人，他很小就从父亲那里学会了很多经商之道，但是最让他感到难以忘怀的，却是这样一个小故事：

查尔斯小的时候，常在父亲的杂货铺里帮忙。除了他之外，在那儿工作的都是成年人。

杂货铺里有一个不怎么受欢迎的人，伙计们背地里都偷偷地叫他"堕落的老家伙"。因为他对他的妻子不忠，而且这件事大家都知道。

小查尔斯也从大人们的口中听到过这件事，所以他和其他孩子一样，对这个人很不尊重。平时，孩子们称呼其他成年男性都是"某某先生"，而对于这个"老恶棍"，他们却只愿意称他为"乔"。

有一天，查尔斯的父亲听到儿子直接叫了一声："乔！"于是他便把儿子叫到了办公室。

父亲说："孩子，我曾经告诉过你，对长辈说话一定要谦恭。但是刚才我听到你在大声叫'乔'。"

查尔斯告诉父亲，"先生"一词是用来称呼值得尊敬的人的，而那个家伙不配，所以他要故意叫他"乔"，把他和别人区别对待。

"现在失礼的是你，年轻人！他配不配是他的事，而你这样对待他是你的问题！"父亲严肃地说，"对另一个人有看法不是你失礼的借口！"

后来查尔斯回忆说，这是父亲给他上的一堂意义深远的课，这件事一直伴随着他，即使在他成为一位非常成功的商人之后也是如此。

●作文技巧▸

巧妙设置情节，让对话蕴含深刻哲理　文章情节围绕一个称呼展开，作者利用父亲和查尔斯的对话来阐述人生道理，使主题显得更加鲜明可感。

●智慧心语▸

　　人活在这个世界上，要想生存下去，就必须学会尊重他人。因为你在尊重他人的时候，同时也在尊重自己。而无礼地对待他人，只会降低一个人在他人眼中的地位。做一个谦谦君子吧，它可以让你永远拥有一份自信，一种风度。

手机

侯发山 [中国]

> 正义和勇气是人间正气的凝聚。没有它们，
> 世间将是一片黑暗，只有它们能给我们战胜邪恶的力量。

羊肠子似的山道上，一辆长途客车蛇样地爬来绕去。远远望去，倒像一只蜗牛在蠕动。

这是一辆从省城开往乡下的客车，车内座无虚席，从衣着打扮上看，各色人等都有。乘客当中，有的昏昏欲睡，有的在眺望窗外的风景，还有不少人在"玩弄"着各自手中的手机：

一个把头发染成一缕黄一缕红的小伙子捧着手机在认真地打游戏，嘴里还不停地发出或惊喜或懊恼的叫声，一惊一乍的……

一个红光满面大腹便便、怀里抱着公文包的秃顶男人把手机贴在耳边指点江山，颐指气使地说：办公室吗？通知各单位负责人明天上午9点在机关二楼开会……

一个打扮新潮红嘴唇黑眼圈的时髦女郎把手机搁在腮边窃窃私语……

一个抱着书包的中学生在用手机播放流行音乐，听得出正在播放的是周华健的《真心英雄》：……灿烂星空谁是真的英雄，平凡的人们给我最多感动。再没有恨也没有痛，但愿人间处处都有爱的影踪……

他们的脸上或幸福或甜蜜或陶醉或灿烂。因为这是一个刚刚流行

手机的年头，手机是富有的象征，手机是身份的标志。

车厢最后面的角落里蜷曲着一个三十岁左右的乡下汉子，他蓬头垢面胡子拉碴的，身边塞着一个饱满的蛇皮袋——他是在城里打工今天回家的。只见他抻着脖子羡慕地看看这个的手机，瞧瞧那个的手机，偶尔咽一下口水。

其实，他的上衣口袋里也有一部手机，那是他在城里刚刚买来的。但他没有拿出来，与那些漂亮、精致的手机相比，他的手机实在不算什么，档次低价格廉，和他的人一样不显山不露水，如果拿出来，只能遭到大家的嘲笑。但他还是把手伸进上衣口袋里，小心翼翼地摩挲着里面的手机，一副爱不释手的样子。

当客车吭哧着爬到半山腰时，车厢里有了骚动。有两个流里流气的小青年把一个小姑娘挤到窗边，开始动手动脚起来。其中一个光头青年用手捏着小姑娘的脸蛋，不怀好意地笑着；另一个黑胡青年去拽小姑娘的衣服……小姑娘发出惊恐的尖叫，她一边挣扎一边用求救的目光望着周围的乘客。

遗憾的是，周围的乘客都闭上眼睛睡着了，那些打手机的乘客不知什么时候悄悄地关了手机合上了眼睛。

这时，只见那个乡下汉子迅速掏出他的手机，拨打起来："喂，是110吗？我在长途客车上，车上有坏人……"

那两个流氓吓了一跳，当看清打手机的人是谁时，不约而同地冷笑了一下，旋即放过小姑娘朝车厢后面走去。光头青年瞪着眼睛恨恨地说："我看你是活腻了，敢管老子的事……"黑胡青年阴着脸，也不说话，走到跟前，挥拳打在乡下汉子的胸脯上。

乡下汉子一边躲避一边出手反抗，他伸出的拳头戳在了黑胡青年的鼻子上，顿时，鲜血从黑胡青年的鼻孔流出来。这下可惹恼了黑胡青年，他从腰里摸出一把匕首猛地扎向乡下汉子的肚子……

看到血流如注的乡下汉子，车上的其他乘客被激怒了，纷纷从座位上站起来出手相救。短短几分钟的时间，就把两个流氓给捆绑起来。这当中，有人再次拨打了110，报告了客车所在的方位以及车牌号；还有人拨打了120，联系附近的医院。乡下汉子的血还在流，脸色也越来越苍白……长途客车不停地打着喇叭轰鸣着往山下疾驶。

110把两个歹徒带走了。

120把乡下汉子拉走了。

由于乡下汉子失血过多，最终没抢救过来。尽管车上的乘客都跟随到了医院，但没人知道乡下汉子的情况，不知道他姓甚名谁，不知道他家住哪里。有人记起乡下汉子有部手机。警察便从他的血衣里掏出手机，准备从里面调取号码和他的亲属联系。当擦拭去手机上的斑斑血迹，在场的人都愣住了，因为这是一部玩具手机！

那部玩具手机是乡下汉子给他三岁的孩子买的。这是后来人们才知道的。

作文技巧

用对比描写形成巨大落差　面对邪恶，漂亮精致的手机没有报警，新潮时髦的人们也视而不见，倒是一个乡下汉子用一个玩具手机"报了警"。精彩的对比描写使二者之间形成巨大落差，读来令人荡气回肠。

智慧心语

面对流氓，真正的手机哑巴了，玩具的手机说话了。一个蓬头垢面、胡子拉碴的乡下汉子，之所以敢在危急的时候挺身而出，是因为他的心中充满了勇敢，充满了正义。这种精神就像一个火把，会照耀着我们前行的道路，给予我们战胜邪恶的力量。

听出心灵的杂音

毛梅霞 [中国]

请记得随时清扫你的心灵，不要让人云亦云、功利诱惑使我们忽略了心底最真实的声音。

去年夏天，从省医科大学毕业后，经朋友介绍，我随五六个同学一起，来到本市一家医院的心脏科实习。

在三个月的实习期满后，我们都得到了科室主任吴大夫的夸奖。他说，今天我们将要应诊最后一位病人，如果不出现差错，全都可以得到医院的正式聘用。

病人是一位五十上下的中年人。吴大夫对我们说："这是一位心脏僧帽瓣硬化症患者，你们可以先听听他心脏的声音。"

关于心脏僧帽瓣硬化症的病理知识，我们在书本中早就学过。我知道这种病的心跳规律是先有一阵清晰的强音，接着是两下微弱的杂音。但就在我们准备取出以往都随身携带的听诊器时，才想起听诊器早已按吴大夫的吩咐放在办公室了。

"用我的听诊器吧。"吴大夫笑笑说，"这是一个特制的听诊器，它可以听出任何来自心灵深处的杂音。你们要仔细地听，这个病患的心跳强音一向都很明显。"

接过那个听诊器，我们依次凑近了病患的心脏。"嗯，没错，他的心脏确实具有很重的强音！"我的同学们听过后，都得出这样的结论。

我是最后一个听诊的。我仔细地聆听，但半分钟后，一丝失望的表情浮现在我脸上，因为我没有听到半点儿声音！

"怎么样？"吴大夫问我，"心跳强音是不是很明显？"

我不知道该怎样回答他。就在我犹豫不决的时候，吴大夫又对我说："再给你一次机会，再听一次吧。"

我又凑近了患者的心脏，结果，依然没有一丝声音。

"怎么样？"吴大夫对我投来关切的眼光，那几个同学全都向我使眼色。

犹豫了半天，我终于实话实说了："对不起，吴大夫，我什么也没听到。"同学们发出了一阵不屑的笑声。

我想我是彻底没希望了，一个失去听觉的人，还有什么资格做一名医师？就在我灰心地转身离去时，没想到身后传来院长的声音："毛梅霞，你被录用了。"

我惊诧地转身，不知何时，院长已站在吴大夫的身旁，两人正微笑着注视着我。

"为什么？"我讷讷地问道。

"就为这个。"吴大夫笑了笑，从怀中掏出一把镊子，竟从听诊器里夹出一团棉球。

天啊，闹了半天，原来这根本就是一个没用的听诊器！

院长瞄了一眼那几个面红耳赤的同学，语重心长地说："这是我跟吴大夫事先商量好的一堂特殊的听诊课，目的是想听听来自学员内心深处的杂音。也许，为了能正式留在医院，你们一个个假装清醒地撒谎，的确可以蒙过主管人员的眼睛，但在应诊过程中，你们将要结束的，却极有可能是一个患者的生命啊！"

在以后的人生履历表上，我写下了这样一句座右铭："做一名心无杂音的人，去听诊每一个生命！"

作文技巧

一语双关，深化主题 "听出心灵深处的杂音"这句话，不仅是指能用听诊器听出患者心脏发出的杂音，更是指做人要心无杂音，不要人云亦云，可谓一语双关，立意不凡。

智慧心语

人的心灵原本是一方净土，却难免会有芜杂，如果不加清理，它就会变得丑陋、黯淡。如果你不想要这样的结果，就请摆脱人云亦云的心理，用自己的大脑去判断生活中的人和事，并坚持自己的观点，这样才能帮助你走向成功。

晚九秒

薛贤荣 [中国]

生命不可能从谎言中开出灿烂的鲜花，
只有诚实能让我们永远保持住自己的高度。

"哥伦比亚号"航天飞机绕地球转了36整圈，历时36小时又21分钟，然后，稳稳当当地降落在美国加州爱德华空军基地。

一群记者蜂拥而至，众星捧月般围住了一位从太空凯旋归来的英雄。

请您谈谈感想！

请您给本报题词！

请您对电视观众说几句话！

好吧，等乱糟糟的声浪稍稍平息后，太空英雄沉稳地回答说，这次行动基本上是成功的！

声浪再一次哄然而起：

您太谦虚了！不是基本成功，是完全成功！百分之百成功！千分之千成功！完完全全成功！太伟大太神奇了！前无古人后无来者！整个地球都将为您喝彩！

不，不不，只能说基本上成功。因为，据控制中心说，我比预定着陆时间晚9秒。

人群一下安静下来，静得连蚂蚁打架都能听见。

一位记者收起镁光灯，合上笔记本，不悦地说：既然晚9秒，就说明不成功。太令人失望了！对不起，拜拜！

一半记者赞同他的主张，跟着他走了。

不！另一位记者说，晚9秒算什么？想想吧，36小时又21分钟，36圈，才晚了9秒！根本不值一提，不值一提呀！本报立即报道：绝对成功！

他的话得到另一半记者的响应。

第二天，全部新闻媒体都报道了此事，但观点截然相反，要么完全肯定，要么完全否定。至于晚9秒谁也没有提。

作文技巧

用对比描写来表明文章观点 作者让一群记者和太空英雄展开对话，将记者庸俗的语言和无知的行为与太空英雄的诚实态度作对比，在风趣幽默中阐述了深刻的人生道理。

> **智慧心语**
>
> 　　诚实是人生的命脉，是一切价值的根基。拒绝了鲜花和光环的诱惑，太空英雄用诚实的态度说出了一句真话。周围的肯定、追捧和否定、贬斥，在此刻都显得那么无知和浅鄙。任凭庸俗的流水泛滥横流，保持诚实，就是保持了最高尚的东西。

一件小事

铁凝 [中国]

> 对人对事要有一颗宽容的心，
> 这样做既帮助了他人，
> 也丰富了自己的人生。

　　15岁那年，我突然开始迷恋起打针，还找到母亲一位在医院工作的朋友当老师，向她学会了注射术。

　　自从我学会了打针，便开始期盼眼前有病人，不论是家人或外人。我备齐针具，严格按照程序一次次操作着。

　　一天，有位邻居来找我，说她每天都要去医院注射维生素B_{12}，我如果能为她注射，便可免去她每天跑医院的麻烦。

　　我愉快地接受了她的请求。

　　这位邻居本是天津知青，因病没有下乡，大约在天津又找不到工作，才到我们的城市投奔她的姨母，并在一家小厂谋到了事做。她好像是那种心眼儿不坏，但又生性高傲的姑娘，学过芭蕾，很惹男性注意。这样的邻居求我，弄得我心花怒放。

每天下午，我放学归来，便在我家像迎接公主一样迎接我的病人。一连数日，事情进行得都很顺利，我的手艺也明显地娴熟起来。

熟能生巧，巧也能使人忘乎所以乃至贻误眼前的事业。

这天我的病人又来了，我开始做着注射前的准备：把针管、针头用纱布包好放进针锅(一个小饭盒)，再把针锅放在煤气灶上煮。煮着针，我就和病人聊起天来，聊着小城的新闻，聊着学生的前途。不知过了多久，我才突然想起煤气灶上的事。

有句很诙谐的俗语形容人在受了惊吓时的状态，叫做"吓出了一脑袋头发"，这形容正好用于我当时的状态。我已经意识到我受了很大的惊吓，那针无疑是大大超过了要煮的时间。于是，我飞奔到灶前关掉煤气，打开针锅观看，见里面的水已经烧干，裹着针管的纱布也有点煳了，幸亏针管、针头还算完好。

我不想让我的病人发现我被吓出的"一脑袋头发"和这煮干了的针锅，便装作没事人似的，又开始了我的工作。

只见我把药抽进针管，用碘酒和酒精为病人的皮肤消过毒，便迅速向眼前那块雪亮的皮肤猛刺。谁知这针头却不帮我的忙了，它忽然变得绵软无比。我一次次往下扎，针头一次次变作弯钩。针进不去，我那邻居的皮肤上，却是血迹斑斑。我弄不清眼前到底发生了什么事，但注射的失败是注定的了。这实在是一个大祸临头的时刻，唯有向病人公开宣布我的失败，我才能尽快从失败里得以解脱。

于是，我宣布了我的失败，半掖半藏地收起我那难堪的针头，眼泪已噼里啪啦地掉下来。

我的邻居显然已经知道背后发生了什么事，穿好衣服站在我眼前说："这不是技术问题，是针头退了火，隔一天吧，这药隔一天没关系。"

邻居走了，我哭得更加凶猛，耳边只剩下"隔一天吧，隔一天吧……"难道真的只隔一天吗？我断定今生今世她是再也不会来打针了。

但是第二天下午，她却准时来到我家，手里还举着两支崭新的针头。她像什么事情也没有发生过一样，微笑着对我说："你看看这种号对不对？六号半。"

这次我当然成功了。一个新的六号半，这才是我成功的真正基础。

许多年过去了，每当我因为一件小事的成功而飘飘然时，每当我面对旁人无意中闯下的"小祸"而忿忿然时，眼前总是闪现出那位邻居的微笑和她手里举着的两支六号半针头。

许多年过去了，我深信她从未向旁人宣布和张扬过我那次的过失。一定是因为她的不张扬，才使我真正学会了注射术，和认真去做一切事。

作文技巧

结尾含蓄点题，引人深思 发生在"我"身上的一件小事，为何会给"我"的一生带来巨大影响？作者没有言明问题的答案，只是在结尾处含蓄点出，起到了"言有尽而意无穷"的阅读效果。

智慧心语

每个人都会犯错误，如果执著于他人过去的错误，就会给自己带来思想包袱，造成对他人的不信任。这样既限制了自己的思维，也限制了对方的发展。宽容是一种非凡的气度、宽广的胸怀，是对人对事的包容和接纳。学会宽容，忘却计较，人生才会永远快乐。

一诺千金

孙艳军 [中国]

> 诚信，在任何时候都是我们的为人之本。一个人失信太多，他的诺言就会被当成戏言，做人的光彩也会大为逊色。

那年，我在乡下教学，工资很低。儿子刚满周岁，嗷嗷待哺时，却没有充足的母乳。我们没有办法，只好节衣缩食，给他买炼乳和奶粉，慢慢地儿子也习惯了。后来儿子喝过某种品牌的奶粉后拉肚子，我对照原来的那些奶粉袋，发觉有些异样，这是不是假货呢？

我写了一封长信，言辞激烈，寄给了远在北京的生产厂家。大约十多天后，意想不到的是，厂长带着主管销售的秦经理和另外几个人，专程从北京赶赴山东，鉴定了那袋奶粉，确认是假冒产品。他们会同当地的工商部门打假，捣毁了一处生产伪劣奶粉的黑作坊。

王厂长握着我的手说："孙老师，谢谢你写给我们的信，这封信感动了我们公司所有的领导。我们今天给孩子带来了一箱奶粉，表达我们的敬意。我在此郑重地告诉你，从今天起，你的孩子喝我们厂的奶粉，每年两箱，一律半价优惠，直到他考上大学！"

那一刻，我激动得热泪盈眶。真是雪中送炭啊！从此以后，不论我在哪儿购买他们厂的奶粉，只要拨通厂里的电话，准能享受半价。

每箱奶粉的市场价是200多元，我们只用付100多元，6年下来，一共节省了1200多元。

今年我在县城打厂家的电话时，销售部的秦经理不在，是另一个人接的电话,我把享受半价的事情告诉他,他说不知道这事儿。我说:"不信的话,你可以问问王厂长。"他说:"我们厂长姓张,不姓王。要不,我帮你问问张厂长吧。"过了一会儿,他打电话来说:"张厂长也不知道给你半价优惠这回事。"我说:"奇怪,6年来一直是这样,要不你帮我问问秦经理吧。"

第二天,秦经理打来电话说:"事情是这样的。王厂长在去你家的第二年就离开了我们厂。临走时他和接任的张厂长交代这件事,张厂长没有表态,王厂长就开始独自垫付奶粉的差价。"

"什么?这6年来,给我优惠的1200多块钱,都是王厂长自己承担的?"我急急地问。

"是的,"秦经理说,"开始那两箱是厂家承担的,后来王厂长离开时,不让我告诉你。转眼已经6年了,我觉得应该让你知道事情的真相了。"

我愕然道:"厂家已经换了领导,这事也就算了,何必这样呢?"我对王厂长感到深深的歉疚。

"一诺千金吧。"秦经理淡淡地说。

作文技巧

结尾画龙点睛,道出文章主题 文章最后一段的"一诺千金"四个字不仅解开了读者心中的疑惑,还一语道出了文章主题,起到了豁然开朗的阅读效果。

智慧心语

为了实现对"我"的承诺,王厂长一直独自垫付奶粉钱,这样的行为是一诺千金,是言而有信。在中国传统文化中,"诚信"二字具有极其重要的分量。讲诚信,是人们倡导并力求遵循的行为准则。人以诚信为本,才能塑造完美人生。

一条西裤

张晓风 [中国]

> 一个没有宽恕之心、不肯原谅别人的人，
> 就是不给自己留余地，
> 因为每一个人都有犯过错而需要别人原谅的时候。

那年的夏令营真是令人难忘，尤其刺激的是男生寝室被小偷光顾了。

小偷偷走了一些相机和手表，以及牧师的一条西裤。

被偷的大男孩们虽然懊丧，却不免有几分兴奋，这种兴奋也传染给了牧师的小女儿，她逢人便高高兴兴地嚷道："小偷来啦！小偷偷了我爸爸的西裤啦！"

牧师是一个极淡泊的人，失去一条西裤并不会使他质朴的衣着更见寒酸——正如多一条西裤也不致使他更华丽一样。

那天，他悄悄地把他的小女儿叫到面前，严厉地说：

"你不要乱讲，世界上并没有什么小偷，这两个字多么难听。"

"是小偷，是小偷偷去的！"

"不是，不是小偷——是一个人，只是他比我更需要那条裤子而已。"

我永远不能忘记我当时所受的震惊，一个矮小文弱的人，却有着那样光辉而蠹然的心灵！盗贼永远不能在牧师的国度里生存——因为藉着爱心的馈赠，他已消灭了他们。

● 作文技巧 ▸

一语点亮文思，体现了文章的中心　牧师的一句"不是小偷——是一个人，只是他比我更需要那条裤子而已"不仅展现了他宽容仁爱的博大胸怀，也表达了文章的中心，堪称点睛之笔。

● 智慧心语 ▸

一位矮小文弱的牧师，竟然有着这样仁爱宽容的心灵。这是一种最大度的包容，最深沉的悲悯。虽然牧师这种大度包容、深度悲悯的情怀，是一般人所达不到的，但我们在生活中是不是也应该对他人多一点宽容，多一份忍让，多一些关爱呢？

一包巧克力饼干

佚名

斤斤计较，我们会处处烦恼；
宽大为怀，才能真正感到快乐。

那天，我乘早班车去伦敦买圣诞节礼物，因为晚上我已经做好了安排，于是买好东西后我便乘车去了滑铁卢车站。

在车站等车的时候，我买了一份《旗帜晚报》，走进了车站的候车厅。这个时候，候车厅里几乎空无一人，我要了一杯咖啡和一包巧克力饼干，找了一个靠窗的座位坐下来开始做报上登载的纵横填字游戏。

过了几分钟，有一个人坐在了我对面。我没说话，继续边喝咖啡边做我的填字游戏。

忽然，对面的那个人伸出手来，打开我那包饼干，拿了一块在他咖啡里蘸了一下就送进嘴里。

我简直难以相信自己的眼睛！我吃惊得说不出话来！

不过我也不想大惊小怪，于是决定不予理会。我也拿了一块饼干，喝了一口咖啡，接着做我的填字游戏。

这人拿第二块饼干时我既没抬头也没吱声。

过了几分钟，我不在意地伸出手去，拿来最后一块饼干，顺便瞥了那人一眼。谁知他正对我怒目而视！

我有点紧张地把饼干放进嘴里，决定离开。正当我准备站起身来走的时候，那人突然把椅子往后一推，站起来匆匆走了。我感到如释重负，准备待两三分钟再走。

当我折好报纸站起身时，我突然发现，就在桌上我原来放报纸的地方，居然摆着我的那包饼干！

作文技巧

出人意料的结尾是点睛之笔　文中男子为何对"我"怒目而视？原来，"我"吃的是他的饼干，而"我"还一相情愿地认为是他吃了"我"的饼干。故事结尾出人意料，戛然而止，让读者久久回味。

智慧心语

不管在什么样的情况下，当我们要责怪别人的时候，一定要先检讨自己，弄清事件真相。即使责任在对方，我们也可以采取更为宽容的态度。只要我们本着"以和为贵"的原则，不斤斤计较别人的过失，多为别人着想，就会建立起友善的人际关系。

⑤ 体味人间百态
Chapter 139~153

每个人都有权经营自己的生活，让自己过得开心快乐。但若想真正拓展自己生命的宽度，在生活中就要永葆一颗年轻美好的心，既不浪费光阴，也不为利益所蒙蔽，而是把每一刻都用在自己的人生目标上，最终赢得一种高贵的生命。

别忘了你是谁

姜钦峰 [中国]

不管你是处于人生的巅峰还是生命的谷底，
都一定要记住一切身份之外的那个自己是谁。

山上的寺院里有一头驴，每天它都在磨房里辛苦拉磨。

天长日久，驴渐渐厌倦了这种平淡的生活。它每天都在寻思，要是能出去见见外面的世界，不用拉磨，那该多好啊。

不久，机会终于来了，有个僧人带着驴下山去驮东西，它兴奋不已。

来到山下，僧人把东西放在驴背上，然后返回寺院。没有想到，路上的行人看到驴时都虔诚地跪在两旁，对它顶礼膜拜。

一开始，驴大惑不解，不知道人们为何要对自己叩头跪拜，慌忙躲闪。可一路上都是如此，驴不禁飘飘然起来——原来人们都如此崇拜我。

当它再看见有人路过时，就会趾高气扬地停在马路中间，心安理得地接受人们的跪拜。

回到寺里，驴认为自己身份高贵，死活也不肯拉磨了，僧人无奈，只好放它下山。

驴刚下山，就远远看见一伙人敲锣打鼓迎面而来，心想，一定是人们前来欢迎我，于是便大摇大摆地站在马路中间。

那是一队迎亲的队伍，却被一头驴挡住了去路，人们愤怒不已，棍棒交加……

驴仓皇逃回寺里,已经奄奄一息,临死前,它愤愤地告诉僧人:"原来人心险恶啊,第一次下山时,人们对我顶礼膜拜,可是今天他们竟对我下毒手。"

僧人叹息一声:"果真是一头蠢驴!那天人们跪拜的是你背上驮的神像啊!"

人生最大的不幸就是一辈子不认识自己。

⬤作文技巧▸

用拟人化的写作方法展露文章主题 文章将驴子拟化为人,用拟人化的语言来讲述了一个幽默、深刻的故事,使得文章趣味横生又富有哲理。

⬤智慧心语▸

人生中最重要的就是,不管你处于何种状态,都要真正地认识自己,了解自己。否则就会像故事中的那头驴一样,一旦没有了背上的神像,它就只是一头普通的驴而已。

电话窃贼

耿在忻 [中国]

贪婪是祸患的根源,
远离贪婪,懂得放弃,生活才会更加美好。

一天下午,约翰·索姆斯正在火炉前看报,电话突然响起。

"喂?"索姆斯问。"是瓦尔堡4793号吗?"电话那头的一个男人问。"不是,"索姆斯回答,"这里是瓦尔堡4973号。"

"我听不清楚,你说什么?"那个男人大声问。"我说,这里是瓦尔堡4973号。"索姆斯再次回答。

"比尔,我是汤姆。"还是那人的声音。"我不是比尔,你拨错了号码。"索姆斯说完便撂下电话向椅子走去。还没等他坐下,电话再次响起。

又是刚才那个男人。索姆斯不耐烦地说:"你听好……"话还没说完,那个男人立即打断他:"啊,比尔,刚才我拨错了号码,现在对了。我想告诉你那笔钱的事。"

索姆斯正要放下电话,但一听到钱字,就问:"哪笔钱?"那人说:"我把钱从那个老头手里弄到了,就放在车子里,车子停在火车站停车场,钥匙在车站办公室。"

"你现在在哪儿?"索姆斯问。"我在车站,但我现在要离开。"那人回答。"车牌号是多少?"索姆斯迅速问。"是AG0642。"那人说,"再会,比尔,下周见。"说完他就放下了电话。

索姆斯放声大笑,一辆汽车里有笔钱……他立刻离开家,飞快地向车站走去。来到车站办公室,索姆斯对里面的人说:"我来取朋友的车子,钥匙在哪里?车牌号是AG0642。"

"交5英镑!"那人说。"为什么?"索姆斯问。"你朋友上周就把车留在这里了。"里面的人很不耐烦。

索姆斯交了钱,没费多少工夫就找到了那辆车。于是他立即打开车门钻进去找了起来。

可是,索姆斯搜遍了车里的每个角落,一分钱也没有找到。

他一肚子气,心想:"真不明白,我付了5英镑,却一无所获。"最后,索姆斯只好离开车站,一路走回家。当他打开房门时,简直不敢相信自己的眼睛!

　　只见屋子里空空如也,桌子、椅子、电视都不见了。索姆斯立即打电话报警,警察很快就赶到了。"这是一帮人合伙干的。"警察说,"他们知道你这几个小时不在家。你刚才到哪儿去了?"

　　"我……我刚才去外面散步了。"索姆斯回答。

●作文技巧▶

用对话描写来展现情节流动　故事从一个看似打错的电话开始,作者采用流畅而又不失幽默的对话描写,一步步展现出人性中的贪婪。

●智慧心语▶

　　贪婪是欲望结出的恶果。欲望本可使人前进,但过分的追逐,便会使自己迷失方向。面对诱惑,贪婪的人会因为贪图利益而把手中的东西丢弃;而懂得放手的人,反而能够摆脱负累。摒弃贪婪,你便战胜了自我,即使身处逆境,也能找到幸福和成功。

发现爱

佚名

这个世界上的一切事物都有颜色,唯独爱是没有颜色的。所以,我们要善于在平凡的生活中发现爱。

　　有一个40岁的美国女人,做了一件令人吃惊的事情,她在一份报纸上刊登了一则广告,广告的标题赫然写着——廉价出让丈夫一名!

是的，她要廉价卖掉自己的丈夫。原因是她不再欣赏自己的丈夫，因为他只喜欢旅游、打猎和钓鱼。每年从4月开始他便离开家，外出去钓鱼或探险，直到10月初才回来，整整半年都是在外头游荡。

　　在结婚二十多年后，她终于厌倦了自己的丈夫。于是，她决定廉价卖掉他。她还在广告上附加了优惠条件——收购我丈夫的人，还可以免费得到他平时喜欢使用的全套打猎和钓鱼的装备，还有牛仔裤一条、长筒胶靴一双、T恤衫两件、里布拉杜尔种的狼狗一只、自制的晒干野味50磅！

　　她原本以为这样糟糕的丈夫是没有人要的，但事实却让她大感意外。在广告登出的一天内，她居然接到了62位太太小姐们的电话。她们都认为她的丈夫具备冒险精神，是一个真正的勇者，这样的男人可以依靠；有人还认为她的丈夫崇尚自然，和这种人生活在一起一定是很健康的；还有人觉得这个男人爱好休闲的生活方式，正是最懂得生活的人……各种理由似乎证明这样的男人简直无处寻觅，所以她们真诚地希望能合法购买她的丈夫。

　　当这些购买者把购买的理由说出来的时候，这位女士才猛然发现，原来自己的丈夫居然有这么多优点，而自己却一直都没有发现。不过，此刻，一切都还来得及，因为她还没有把丈夫卖给别人。倘若卖掉了，或许就悔恨终生了。

　　第二天，她在报纸上又补登了一则小广告："廉价转让丈夫事宜，因为种种原因取消！"

　　当丈夫从外地钓鱼回来，发现自己差点儿像商品一样被卖掉的时候，忍不住哈哈大笑。当他问妻子为什么不再卖他了时，妻子温柔地说："如果我把你卖出去了，我又能从哪儿再买一个你这么好的丈夫回来呢？"两人相视而笑。

这是一个真实的故事，发生在美国的马里兰州，那个很抢手的丈夫叫查理·亨勒尔，而那位幽默的太太叫露易丝·亨勒尔。

就这样，一个小小的恶作剧让露易丝重新认识了自己的丈夫，重新找回了欣赏与爱。

作文技巧

运用转折法推动情节发展　因为厌倦，妻子准备卖掉丈夫，结果却从他人眼中发现了丈夫的优点。这样一个意外情节的出现使故事结局产生了戏剧性的转变。

智慧心语

熟视必定无睹，天天可以看到的风景有时反而会忘了欣赏。其实，爱是一种细心的发现。在长长的一生中，我们必须学会从不同的角度去欣赏自己身边的人，不管他是你的亲人、朋友还是恋人。因为只有这样，我们的爱才能常爱常新，才能炽热不变。

疯狂的崇拜者

杨在田　[中国]

成功的意义应该是发挥了自己的所长，尽了自己的努力之后，所感到的一种无愧于心的快乐，而不是为了满足自己的虚荣心。

年轻的女演员菲丽丝取得了一鸣惊人的成功，观众们使劲跺脚，嗷嗷地吼，简直发了狂。她的崇拜者们把鲜花朝台上扔去，喊叫着："菲丽丝——菲丽丝——"

一个机灵非凡的崇拜者想穿过乐队挤上台去,给观众拦住了。于是他向门上写着"闲人莫入"的房间冲去,一下子就不见了。

菲丽丝这时正坐在演员化妆室里,心想:"啊!我期望的正是这样的成功啊!激动人心,以自己的天才使人们变得高尚……"

这时,她听见有人敲门。于是她说:"请进。"

只见一个人迅速走了进来,他就是那位机灵的崇拜者。他的动作是那么麻利,菲丽丝甚至连他的脸都没有看清。

这个人"扑通"一声跪在她面前,嘟哝着说:"我爱……我倾倒……"他捡起扔在地上的一只皮靴就一个劲儿地吻起来。

"对不起,"菲丽丝说,"那不是我的皮靴,那是滑稽老太婆的……这才是我的。"

崇拜者又疯狂地抓起菲丽丝的皮靴。

"还有一只……"崇拜者跪在地上一边爬一边嘶哑地说,"还有一只呢?"

"天哪!"菲丽丝暗自想,"他是多么爱我啊!" 于是她把另一只皮靴也递给他,怯生生地说:"在这儿……那儿是我的束腰带……"

崇拜者抓起皮靴和束腰带,非常庄重地把它们贴在自己胸前。

菲丽丝仰面坐在扶手椅上,她想:

"天哪!天才的力量是多么惊人呀!它使人抑制不住自己的感情……我是多么成功啊!崇拜者们闯到后台来,吻我的靴子……多么幸福,多么光荣!"

她越想越激动,连眼睛都闭上了。

"菲丽丝!"导演喊了起来,"上场!"

菲丽丝猛地醒了过来。可是,崇拜者和皮靴都不翼而飞了,后来才查清楚：除了皮靴和束腰带以外，化妆室还丢失了一盒化妆品、假发。最可怕的是，滑稽老太婆的一只皮靴也不见了。

那个崇拜者没有找到另外一只，因为它在扶手椅底下。

● **作文技巧**

精彩的心理描写将人物写活 文中多处进行心理描写，不仅将菲丽丝的虚荣和自我陶醉刻画得淋漓尽致，对情节的发展也起到了推波助澜的作用。

● **智慧心语**

人类的很多恶行都围绕着虚荣心而生。那个溜进化妆室，最后乘机偷去演员皮靴和假发的"崇拜者"，就是利用了菲丽丝膨胀的虚荣心来达到自己的目的。所以，在成功面前一定要保持清醒的头脑，不要任由虚荣心的牵引沉醉在他人的崇拜里。

公共汽车上的对话

林永炼 [中国]

虚荣会让一个人装扮成另一个面目以赢得别人的赞许，
但成功的人生并不是建立在谎言之上的。

一辆公共汽车停下，前后两个门同时打开。一个中年人从前门上来，他是李小道；另一个中年人从后门上来，他是方大路。他们在同一排坐下来的时候，都认出了对方。几年前他们在同一个单位同一个部门，因为要竞争同一个职位，明争暗斗。李小道向总经理讲方大路的不是，方大路向董事长说李小道的是非。于是，公司就炒了一盘"鱿鱼"请他俩共餐。

现在两个人在这里相遇，起初是仇人见面，分外眼红，接着是有点意外，有点尴尬，后来竟像久别重逢的老朋友一样交谈起来了。

李小道说："好久没见了。"

方大路说："好久没见了。"

李小道说："对啊，因为我没见到你，你也就没见到我。"

方大路说："是啊，你没见到我，我就没见到你，所以我们就没相见。"

李小道说："现在在哪里高就？过得怎样？"

方大路说："开了个小工厂，一般一般。你呢？在哪里发财？生活如何？"

李小道说："做点小生意，马马虎虎。你家住哪里？"

方大路说："在市中心小区复式楼。你呢？"

李小道说："我呀，在市郊的花园别墅区。"

方大路说："你真是不错。"

李小道说："你也不一般。"

方大路问："对了，你的孩子多大了？现在做什么？"

李小道说："孩子17岁了，在私立学校读高三。你女儿呢？"

方大路说："我女儿今年16岁了，刚刚到国外留学。"

李小道说："不错不错。"

方大路说："彼此彼此。"

李小道问："你妻子现在做什么？"

方大路说："还能做什么，整天不是与邻居打麻将，就是去健身。你太太呢？"

李小道说："有什么好做，成天不是外出去旅游，就是去美容院。"

方大路说："不错，不错，你太太真懂得享受。"

李小道说："不错，不错，你妻子是与时俱进。"

方大路问："你的生意做得很好吧？"

李小道说："特别旺，本来想开几家连锁店的，但感到太劳累了，一个人顾不上。再说，如今钱花不完，万事都不用愁了，何必活得那么累？说白了吧，金钱嘛，只是一种身外之物，生不带来，死不带去。你工厂的效益不错吧？"

方大路说："非常好，本来想要扩大生产的，但觉得太辛苦了，一个人管不来。再说，现在已经有了钱，该有的已经有了，要那么多钱干嘛？你知道的，钱多了，只是一个数字的变化。不说钱了，太俗气了。"

李小道说："哎，坐了半天，我还没有问你呢，你要去哪里？"

方大路说："我要去开车呢，忘记告诉你了，我的宝马车在修理厂装报警器，原是司机要开车送我的，因为很久没有坐公共汽车了，今天来体验体验，咱们总不能忘本啊。对了，你要去哪里啊？"

李小道说："我要去提车啊，差点忘记说了，我最近换了一辆最新款的'奔驰'，车行老板本来是要来接我的，但我觉得没必要，坐坐巴士，回忆回忆过去的日子，也是一种享受啊。"

终点站到了。李小道和方大路说了声再见。

半个小时后，李小道和方大路又相遇了。地点是在一家小工厂的会议室，他们都是来面试推销员的。本来只要一个人，因他俩都能说会道，考官决定将他俩都留下。

作文技巧

让人物自己"说话",在对话中表现人物性情 作者没有用主观的描述,而是用占去大半篇幅的对话,生动刻画出了人物形象,让人读来忍俊不禁又发人深思。

智慧心语

李小道和方大路那种费尽心机的假模假式,恐怕很多人看了都会觉得可笑吧?很多时候,虚荣就像一瓶毒酒,先醉翻别人,再醉倒自己。敢于面对现实,敢于克服自己的虚荣心,都需要勇气,但请记住,真相比谎言更能长存人间。

来当兵吧

蒋光宇 [中国]

当烦恼侵袭而来时,做最坏的打算,会让人豁然开朗,获得勇气和力量。

在美国有一则家喻户晓、人人皆知的征兵广告,既幽默又智慧。这则征兵广告出台后,收效十分明显。它改变了死气沉沉的征兵局面,使许多青年踊跃应征入伍。

征兵广告的内容如下:

"来当兵吧!

"当兵其实并不可怕。应征入伍后你无非有两种可能:有战争或没战争。没战争有啥可怕的？

"有战争后又有两种可能：上前线或者不上前线。不上前线有啥可怕的？

"上前线后又有两种可能：受伤或者不受伤。不受伤有啥可怕的？

"受伤后又有两种可能：轻伤和重伤。轻伤有啥可怕的？

"重伤后又有两种可能：能治好和治不好。能治好有啥可怕的？

"治不好更不可怕，因为你已经死了。"

原来，这份别出心裁的征兵广告出自一位著名心理学家之手。

人们问："为什么这份征兵广告能深入人心，取得这么好的效果？"

他回答说："当人们有了接受最坏情况的思想准备之后，就有利于应对和改善可能发生的最坏情况。"

作文技巧

结尾画龙点睛，道出文章主旨 文章的最后一段不仅解开了读者心中的疑惑，还道出了文章主题，给人以豁然开朗之感。

智慧心语

如果你认为自己已经是世界上最穷的人，你还会怕穷吗？如果你认为自己已经是世界上最悲哀的人，你还会害怕悲哀吗？当烦恼侵袭而来时，做最坏的打算，反而能让人豁然开朗。有时候，破釜沉舟，反而能让人充满勇气和力量。

劳力士手表

蔡成 [中国]

财富有时候只是实现梦想的手段，
人如果被财富所束缚，
那么它就有可能成为我们的负担，生活也再无快乐可言。

台湾的伯父回内地，送我一块手表。

手表装在一个精美的绿盒子里，说明书是英文的。我的英语水平很差，懒得逐字逐句去阅读它，也就不管它是什么牌子，只将表拿出来戴在手腕上。

偶然一个机会，我去深圳世界名表中心闲逛。顺着柜台慢走的我眼睛突然发呆了——老天，玻璃柜台里正摆着跟我手腕上一模一样的手表，牌子是"劳力士"，标价竟然将近10万元！我一阵狂喜，又一阵慌乱，当即顾不上逛街了，赶紧将手揣进裤兜里，然后打的回家。

回家的第一件事便是脱下手上的劳力士手表，小心翼翼地放回那个精美的盒子里。

为了将盒子藏好，我很是费了一番工夫。从抽屉折腾到衣柜，最后故意用旧报纸随便一包，然后塞进床底一个鞋盒里。

但刚从床底爬出来，我又忐忑不安了，觉得那仍不是最佳地方……

我折腾了很久，心里却越折腾越慌。当晚，我躺在床上辗转反侧，无论如何也睡不着，心里总晃动着那块昂贵的劳力士手表。

接下来的日子，白天我上班老走神，无时无刻不惦记着藏在家里的那块价值近10万元的世界名表，晚上则面临着越来越严重的失眠。

一天，有个要好的朋友来玩。

我忍了很久，实在忍不住，躲进房间鼓捣好一阵，终于把藏在梳妆台抽屉斜角夹缝里的劳力士手表掏出来，乐颠颠地向朋友炫耀："我伯父送我的，劳力士，商场标价快10万块呢。"

见多识广的朋友将手表拿在手上，仔细端详了几分钟，满脸遗憾地告诉我："这不是真正的'劳力士'，是假冒货，顶多值1000元！"

听了朋友的话，不知为何，我除了有些许失望之外，更多的是忽然间觉得全身放松下来。

作文技巧

结尾出人意料，含蓄表达文章主题　　在得知原来被视为宝贝的手表是个冒牌货之后，"我"居然感到了前所未有的轻松。原来，财富也有可能成为负担。出人意料的故事结局含蓄地表达了文章主题。

智慧心语

财富能给人们的生活带来舒适、安逸和快乐。然而，财富积聚得越多，带来的快乐也就越多吗？事实也许并非如此。要想拥有快乐，就一定不要被金钱所左右，在聚敛财富的同时首先要学会驾驭它，这样你才不会成为金钱的奴隶，财富也不再会成为心理负担。

图书在版编目（CIP）数据

智慧文库. 4，放飞思维的翅膀／龚勋主编. —汕头：汕头大学出版社，2012.1（2020.1重印）
ISBN 978-7-5658-0535-6

Ⅰ.①智… Ⅱ.①龚… Ⅲ.①世界文学－作品综合集 Ⅳ.①I11

中国版本图书馆CIP数据核字（2012）第008809号

智慧文库. 4，放飞思维的翅膀
ZHIHUI WENKU. 4, FANGFEI SIWEI DE CHIBANG

总策划	邢涛	印刷	永清县晔盛亚胶印有限公司
主　编	龚勋	开本	705mm×960mm　1/16
责任编辑	胡开祥	印张	10
责任技编	黄东生	字数	150千字
出版发行	汕头大学出版社	版次	2012年1月第1版
	广东省汕头市大学路243号	印次	2020年1月第6次印刷
	汕头大学校园内	定价	29.80元
邮政编码	515063	书号	ISBN 978-7-5658-0535-6
电　话	0754-82904613		

●版权所有，翻版必究　如发现印装质量问题，请与承印厂联系退换